十几年过去了,北川中学遗址对面的这个云朵上的羌寨,从大灾难中顽强地站起来,由一个贫瘠而冷寂的山村变成了花香果甜、游人如织的全国文明村、中国乡村旅游模范村……

——题记

云朵上的石椅村

谭楷 著

天地出版社 TIANDI PRESS

图书在版编目（CIP）数据

云朵上的石椅村／谭楷著. —成都：天地出版社，
2025.1
　ISBN 978-7-5455-8305-2

　Ⅰ.①云… Ⅱ.①谭… Ⅲ.①报告文学－中国－当代 Ⅳ.①I25

中国国家版本馆CIP数据核字（2024）第064997号

YUNDUO SHANG DE SHIYI CUN
云朵上的石椅村

出 品 人	杨　政
作　　者	谭　楷
供　　图	吴　宇　华小峰　钟　欢　王　勇 张　庆　车春华　陈新一　等
统筹监制	漆秋香　李　颖
选题策划	陈　德　杨　丹　李镕宸
责任编辑	杨　丹　刘俊枫　蔡龙英
责任校对	曾孝莉　梁续红
电脑制作	跨　克
责任印制	刘　元

出版发行	天地出版社 （成都市锦江区三色路238号　邮政编码：610023） （北京市方庄芳群园3区3号　邮政编码：100078）
网　　址	http://www.tiandiph.com
电子邮箱	tianditg@163.com
经　　销	新华文轩出版传媒股份有限公司

印　　刷	河北尚唐印刷包装有限公司
版　　次	2025年1月第1版
印　　次	2025年1月第1次印刷
开　　本	700mm×1000mm　1/16
印　　张	15
字　　数	150千字
定　　价	59.80元
书　　号	ISBN 978-7-5455-8305-2

版权所有◆违者必究

咨询电话：（028）86361282（总编室）
购书热线：（010）67693207（营销中心）

如有印装错误，请与本社联系调换

目 录

引　子　石椅村，一夜春风来······001

序　篇　小山村，浴火重生······011
　　俄罗斯画家寻找"最中国"的土地······013
　　"5·12"那一天，在石椅村······020
　　我们有祖国，还有山东兄弟······026
　　恩人，没有留下姓名······034

上　篇　接力棒，接续奋斗······041
　　苔子茶与老书记的"土理论"······043
　　茶山，花果山，接力棒······054
　　悬崖上吹响"牛角号"······062
　　改变命运的力量最强大······069
　　为民办好事，总会得到支持······076
　　为邵再贵唱一曲《焦裕禄是俺们的知心人》···080
　　羌红，鲜艳而纯洁······087

陈爱军当上了村支书 ·················· 094
　　皂角树下的坝坝会 ··················· 102
　　致富的种子，撒向希望的田野 ············ 109

下　篇　**花果山，暖心家园** ················ 119

　　嫁给大山，嫁给二娃 ················· 121
　　紫藤架与玫瑰花下的农家乐 ············· 129
　　三个新农村女人 ···················· 138
　　与命运抗争的"双彦" ················· 148
　　老书记的两次"合家" ················· 154
　　石椅村的"暖心家园" ················· 161
　　"果王"是怎样炼成的 ················· 170
　　陈建业的回乡创业之路 ················ 179
　　天天是节日，天天在过节 ··············· 187
　　画出中国人幸福的样子 ················ 194
　　云朵的滋味，大山的羌调 ··············· 201
　　仲夏的黄昏和暴雨后的清晨 ············· 207
　　石椅村，站在新的起点上 ··············· 217

后　记　**生活给了我非写不可的冲动** ············ 225

引 子

石椅村，一夜春风来

羌红，朝霞一样瑰丽的羌红，挂满了石椅羌寨。2022年10月25日，农历十月初一，是欢度羌年的吉祥日子，远近的游客喜气洋洋，纷至沓来。白云深处的石椅村，又燃起了温暖的篝火，响起了热辣辣的歌舞之声。五彩的裙裾在旋转，推豆花的石磨在旋转，时钟指针在旋转，星星月亮在旋转……羌年的热闹氛围还未消散，家家户户就开始忙着杀年猪，准备迎接春节了。

过了腊八，年味愈浓。呼啸的山风中，能闻到腊肉味、蜡梅香。石椅村家家披红挂彩，同时忙着熏腊肉。村里二十多家农家乐，轻烟缭绕的熏房里，挂着一条条腊肉、香肠。主人的手机铃声响个不停，那是预订年夜饭、团圆饭的来电。这些年，来自成都、绵阳等地的城里人，喜欢到乡里过年。石椅村作为中国乡村旅游模范村，更是宾客盈门。看看大城市空荡荡的大街，问问那些开两三个小时车把一家人送到山上的城里人，大家都说"乡下过年才热闹"。一来，年味浓。舞龙灯耍狮子的走村串寨，鞭炮礼花随便放，炸它个欢天喜地，让城里的孩子兴趣盎然。二来，吃得香。老腊肉、跑山鸡、山野菜味道鲜美，一家老小吃得呼儿嗨哟，满意得很。三来，耍得好。吃饱喝足之后，围着熊熊篝火跳上几圈，学着羌族姑娘小伙踢踢腿、挥挥臂，真有快活似神仙的飘然感觉……

公历2023年刚过了十天，喜讯传来："石椅村可能要上央视，代表羌族同胞，向全国人民拜年！"好消息如一夜春风，吹得全村老小心花怒放。

石椅村党支部书记陈爱军兴冲冲回到家中，女儿陈新一反倒有些着急。

她说："爸，你那一口'椒盐'普通话，全国人民听不懂，不是白做表情了？"于是，陈爱军跟着女儿恶补普通话，硬是把准备在央视直播的关于石椅村情况的简短讲稿，一句句练得字正腔圆。

2023年1月18日早晨，太阳冲破云层，倾泻出一片金光。座座青山白云缭绕，仿佛在静静地等待什么。悬挂在山寨门楼之上的"羌"字旗，在山风中呼啦啦地飘扬着。一串串大红灯笼从碉楼上垂吊而下，一条条羌红挂满了树枝，还有黄灿灿的玉米棒子结成了粗壮的"金链条"，高悬在屋檐下，横挂在栏杆上，把"庆祝丰收"写成了无字的金色标语。

全村男女老少，还有来石椅村旅游的客人们，个个兴奋不已，早早地来到了文化广场，对着巨幅屏幕，睁大了眼睛。

九点过，大屏幕上出现了雄伟的人民大会堂——原来，石椅村紧挨着首都北京，仿佛往前走几步，就能走进人民大会堂。

通过视频连线，习近平总书记代表党中央，看望慰问基层干部群众，向全国各族人民致以新春的美好祝福。

看啊，习近平总书记出现在了大屏幕上，他挥动手臂，笑容满面地站在父老乡亲们面前。

陈爱军带头大声喊道："总书记好！""总书记辛苦了！""总书记新年好！"

广场上，村民们齐呼："总书记好！""总书记辛苦了！""总书记新年好！"

一条条羌红，高举过头顶；一片手臂的森林，在空中挥舞。

习近平总书记频频挥手，高兴地回应："新年好！""新年好！"

总书记与乡亲们面对面，诚挚的问好声交汇在一起。

陈爱军平复了激动的心情，用标准的普通话说道："我给总书记汇报一下，我们石椅村今年收入非常好，我们主要（发展）乡村旅游，今年的游客量达到二十多万，我们全村人均收入达到四万以上……"

字字句句,总书记都在倾听,脸上露出微笑:"四万多收入不错呢。春节村里的游客多不多啊?"

陈爱军信心满满地说:"现在还可以!"

陈爱军话音刚落,一位挤在前排,身穿白色羽绒服的成都女游客大声喊道:"总书记,新年好!我是从成都过来旅游的。这一次来非常开心!大家都好热情啊!这里的腊肉也非常非常好吃!"

总书记笑着点头说:"祝你们在这里玩得开心呀。"

顿时,广场上响起了一片掌声和欢呼声。

接着,总书记说:"你们石椅村是汶川地震灾后重建村,如今已经成为全国文明村,我由衷地感到高兴啊。新时代的乡村振兴,要把特色农产品发展好,也要把旅游发展好。你们是有了一个样子,还应该搞得更好!希望大家继续努力,百尺竿头更进一步,在乡村振兴中取得更大的成绩!推进农业农村现代化,建设农业强国,必须把乡村振兴抓好。农业强起来,农民富起来,农村美起来,全面建设社会主义现代化国家,才能名副其实!"

听了总书记的亲切嘱咐和殷殷嘱托,陈爱军带头喊道:"谢谢总书记!"

广场上又是一片欢呼声:"谢谢总书记!"

石椅村，是四川省绵阳市北川羌族自治县曲山镇下辖的一个羌族村寨。国家乡村振兴战略实施以来，石椅村依托优越的生态环境、浓郁的羌族文化和优质的农特产品资源，基本形成了集旅游观光、民俗体验、水果采摘、茶文化研学等为一体的农文旅深度融合的少数民族特色村寨，已成为北川乡村旅游的一张亮丽名片。图为石椅村的标志性建筑——石椅羌寨（摄于2024年）

在四川省绵阳市的地图上，才能找到这一颗小米粒——石椅村。这个只有一百零四户人家、三百五十多人的羌族小村庄，一夜爆出了大名。为什么它能代表全国那么多个村子与北京连线，向总书记汇报？

多名记者述评：自2008年以来，发展特色农产品，石椅村做出了好样子；发展乡村旅游，石椅村做出了好样子；战胜灾难，脱贫奔小康，石椅村做出了好样子；基层党员干部带领群众接续奋斗，石椅村做出了好样子……

总书记说的"好样子"，就是榜样，而榜样的力量是无穷的。

2023年春节前夕，我看到有关石椅村的新闻报道时，首先是"北川"二字，让我怦然心动。

我的书房，曾藏有从老北川中学废墟拾到的"遗物"——浸泡过消毒水的作业本和课本，"遗物"残存的生命气息，让我魂牵梦绕。那年夏天，我在深夜书写有关大地震的一部报告文学时，猛然想起那些被压在预制板下面的学生娃娃，在最后时刻，还能听到亲人的呼号，还能感受到挖掘机的轰鸣，却无力呼喊时，禁不住潸然泪下。冥冥之中，我听见一个声音说："你走不出去了，你走不出去了……"就这样，我满脸冷泪，盯着电脑屏幕，消毒水的气味像无形的绳索捆绑着我，让我呆坐到天明。

北川，是不容你轻易走进的地方。

震后第五年，我到北川采访时，曾留宿石椅羌寨。记得那天夜里，热情的羌族同胞同外地游客一起，围着篝火欢歌热舞，声震窗棂，而我与县文化馆的王烈勋谈兴正浓。

王烈勋坚持认为:"虽然史学家们对于大禹出生地有不同的解读,但是北川人依据史书,认定大禹生于北川石纽。更为重要的是,北川人用实际行动,传承着大禹精神,胸怀壮志,坚忍不拔。"

王烈勋说:"三百五十万川军将士,慷慨出川抗战,伤亡六十多万。我的爷爷王者成,将一面'死'字旗,寄赠给即将出征的大儿子王建堂,王建堂也就是我的大伯。旗上写着:'我不愿你在我近前尽孝,只愿你在民族分上尽忠……赐旗一面,时刻随身。伤时拭血,死后裹身。勇往直前,勿忘本分!'有历史评论家说,'死'字旗是视死如归的英雄之胆,是川军之魂。"

他接着说:"'5·12'大地震之后,北川人强忍悲痛,从废墟上站起来,迅速建成了举世瞩目的新北川。在北川这片古老的、多灾多难的土地上,有好多值得书写的英雄故事啊。就说今天,游客能从下面公路的一个岔口直接上到村里来,少走了十几公里弯弯曲曲的盘山路,那是因为石椅村人在老书记邵再贵的带领下,硬从悬崖绝壁上凿出了一条路来。那种倔强和坚韧,真是可歌可泣。"

那一晚,我和王烈勋几乎谈了一个通宵,我也牢牢记住了石椅村。

2023年春天,我走进了阔别十年的石椅村,竟然与俄罗斯画家们不期而遇。更没想到,我和他们做着同样的事——描绘北川的灾后重建,描绘新农村建设,描绘新时代村民们的生活。只不过他们用的是画笔,而我用的是文字。

再一次走进北川,我想起冥冥之中曾听见的声音:"你走不出去了,你走不出去了……"

说实话,也许我从来没有离开过北川,没有离开过这块多灾多难的、英雄的土地。艾青的诗,不知何时融入了我的生命:

为什么我的眼里常含泪水?
因为我对这土地爱得深沉……

2024年9月27日,在全国民族团结进步表彰大会上,党中央、国务院授予了石椅村村民委员会"全国民族团结进步模范集体"荣誉称号。

这份荣誉属于全体石椅村村民,属于自1962年建立基层党组织以来的七届党支部。九十多岁的石椅村首任党支部书记何国发说:"石椅村的'经验',就是带头人选对了,带领村民接续奋斗。七任党支部书记,没有一个闪过火(指松过劲),不管外头吹啥子风,全都认准一个目标——让村民过上好日子!"

序 篇

小山村，浴火重生

俄罗斯画家寻找"最中国"的土地

中国著名语言学家周有光曾说:"要从世界看中国!"

我很想知道,俄罗斯画家们深入北川石椅村之后是如何看中国的。

这次来石椅村采风,俄罗斯画家们就住在石椅羌寨。没有大列巴(指大面包),中国的馒头、包子一样可口;没有伏特加,中国的啤酒、白酒一样醉人。小山村空气清新,风光秀丽,中国朋友热情友好,他们心情愉悦,状态极佳,头一个月就创作了一百多幅油画作品。

年过六旬的俄罗斯艺术科学院院士、功勋艺术家沃伊诺夫,始终觉得自己画了大半辈子油画,已经把自己想画的题材画得差不多了。他渴望获得新的艺术灵感,渴望画出充满视觉冲击力的新作品。

当接到去中国采风和创作的邀请之后,沃伊诺夫很是兴奋。一切准备就绪之后,2023年4月,以沃伊诺夫为领队的十一位俄罗斯画家（其中有两位艺术科学院院士、四位功勋艺术家）便开始了中国之行。他们提出不去沿海的大城市，而是要深入内陆的偏僻山乡，寻找一块"最中国"的土地。

什么是"最中国"的土地？俄罗斯画家们认为，上海、深圳、广州那样的沿海发达城市"很中国"，但不是"最中国"。因为中国文化积淀如此厚重，民风民情如此丰富，只有在远离首都北京、远离沿海发达城市的地区，才能找到"最中国"的土地。

他们印象特别深的是2008年的汶川大地震。当时的抗震救灾场面在俄罗斯的电视台滚动播出，震撼人心。对了，去看看大地震灾区如今成了什么样子。十五年过去了，他们很想了解，那些历经灾难的人如今生活得怎么样。

经过商量，沃伊诺夫一行选定了四川省北川羌族自治县曲山镇石椅村，作为他们创作中国题材油画作品的基地。

清明时节，细雨霏霏，北川的山水笼罩在一片烟雨之中。

沃伊诺夫一行首先来到了北川中学遗址，这里盖起了一座5·12汶川特大地震纪念馆。远远看去，纪念馆像一座生了铁锈的山峦，那峥嵘的棱角、沉重的体量，给人一种强烈的压抑感。走出博物馆时，他们个个都红了眼圈。短短一个半小时，他们经历了山崩地裂、生离死别、抢救生命、幸存人间的全过程。讲解员在哽咽，翻译也在哽咽，俄罗斯画家们的眼睛也渐渐模糊了……

当他们走近北川老县城遗址时，步履变得更加沉重。他们不敢想象，这里曾是一座充满人间烟火气的温馨小县城。那保持着倾覆姿势的楼房和完全塌陷的民宅，空荡荡的窗户有如失去了瞳仁的眼睛，让人悲痛不已。他们走到纪念碑前，含着眼泪献上了一束束黄菊花。

离开北川老县城，中巴车载着他们沿着盘山公路，向石椅村驶去。

微雨初歇，一座青翠欲滴、满眼新绿的花果山逐渐显露出来。一团团白云扑面而来，走近才看清，竟是一大片一大片雪白的李子花。间或有金黄的油菜花、粉红的桃花在眼前闪过。一栋栋风格各异的农家小院，修建在公路旁的台地上。小轿车或农用小卡车安静地躲藏在院坝里。一路上鲜见行人。向导介绍说，五星枇杷、桐子李的种植和销售是石椅村的一大支柱产业，清明节前后是采茶的季节，村民们忙着打理果园、采茶，整个村子硬是找不到一个闲人。

车行至房屋密集处的半山腰，向导说，到了。

沿着近百级宽大石阶朝上望去，在"羌"字旗的簇拥下，一座双层飞檐的寨门耸立在最高处。飞檐之下，"石椅羌寨"四字匾额引人注目。向导说，城里人喜欢在这里观山望景，喝苦子茶，吃老腊肉，晚上燃起篝火，跳起沙朗（也作"萨朗",一种羌族歌舞形式),领略羌寨风情。这里是网上持续大红,数十万游客的打卡之地。到了节假日或者枇杷、李子丰收的季节,村里的几十户农家乐家家客满,一床难求。乡村旅游,是石椅村的又一大支柱产业。

俄罗斯画家们就住在石椅羌寨面对小广场的一座三层楼房里。长长的走廊的栏杆上挂满了金黄的玉米棒子,楼房一头的碉楼悬挂着两串大红灯笼。这里不仅食宿方便,交通方便,信息交流方便,更有观赏歌舞之便。篝火晚会之夜,一打开房门就能感受到热辣辣的歌舞场景,那欢乐的舞蹈,好似无形的旋涡,轻而易举就把你卷进去,让你的双臂化作翅膀,学着羌族同胞的舞姿,纵情飞翔。

石椅村党支部书记陈爱军是一个敦实的汉子,他热情大方地对俄罗斯画家们说:"你们是远道而来的贵客,欢迎你们来到石椅村!爬坡上坎你们可能还搞不习惯,只能慢慢适应。你们有什么要求,尽管提出来,我们会尽量满足。预祝你们在中国创作丰收!"

当陈爱军介绍说2022年石椅村村民人均收入超过四万元时,俄罗斯画家们都暗暗吃惊。在这之后,这个大忙人仅露过一次面,送来了苔子茶、水果等土特产。最后,他来观看了一次油画作品,赞不绝口。他特别喜欢沃伊诺夫的"救灾"系列,伫立在画前感叹道:"太真实了!感觉大地裂开了大口子,还在冒着很浓的土腥气。"

在2008年5月12日14时28分,那一刻,石椅村有村民亲眼看见对面的大山崩溃,吞噬了北川中学。如今,站在石椅羌寨的楼上,可以清楚地看到那铁锈红的5·12汶川特大地震纪念馆。从纪念馆广场,也可以看到云朵上的石椅村。

彼此直线距离两千米,时间相距十五年。

短短十五年,这个山村从大灾难中顽强地站起来,它所在的这座贫瘠而冷寂的大山变成了花香果甜、游人如织并年年给村民带来幸福和财富的金山银山!

感人的故事、鲜活的画面、跳跃的色彩、亮丽的光影,让沃伊诺夫等人找到了创作灵感——云朵上的石椅村,真是一块"最中国"的土地!

他们全神贯注,一支支画笔如同芭蕾舞者的脚尖,灵动、跳跃、准确,富有节奏感地落在画布上。一个月之内,他们激情迸发,创作了一百多幅作品。一幅幅作品在走廊上晾开,这是特列季亚科夫画廊向中国的延伸吗?列宾、苏里科夫和列维坦的继承人以独特的艺术视角、精湛的技艺、极大的热情,将灾后巨变、锦绣家园的风貌展现得淋漓尽致。

俄罗斯美术家协会中国采风项目组联系人王利群说,俄罗斯画家们喜欢画灾后重建的新面貌,如色彩斑斓的丰饶山野、繁华热闹的巴拿恰(北川商贸街)、花丛之中的农家小院、白云深处的古碉楼、沐浴在霞光中的羌绣姑娘……

与此同时，5·12汶川特大地震纪念馆希望能有一幅关于北川中学题材的直接呈现大地震的作品。

沃伊诺夫院士说："我擅长的是人物画，还是请擅长风景画的画家来画《北川中学》吧。"

年近七旬的科洛文院士接着说："我是风景画家，按说应当由我来画《北川中学》，但我年事已高，要画《北川中学》，得有强大的内心，而我承受不起那么沉重的悲剧压力。"

画家们面面相觑，谁都不愿意画《北川中学》。

终于，年轻的女画家奥列格夫娜站起来说："让我来画《北川中学》吧。我当过中学老师，十九年前，恐怖分子袭击了北奥塞梯别斯兰的一所学校，三百多名师生的遇难曾让我陷入巨大的痛苦之中。现在，需要我来画《北川中学》！"

想起崩溃的大山压垮了教学楼，层层叠叠的钢筋水泥下面，还有孩子在发出最后的呻吟，还有微弱的手机信号传出；想起那些失去子女的父母撕心裂肺的痛哭声；想起山崩地裂之时，连预制板都脆如纸片，人的生命又怎能抗拒如此巨大的灾难呢？这是北川的悲剧、中国的悲剧，也是人类的悲剧。

2008年5月12日,地震袭击了位于任家坪的北川中学,一千多名师生不幸遇难。被地震破坏成废墟的北川中学,只有旗杆上的五星红旗迎风不倒。图为俄罗斯画家奥列格夫娜创作的油画《北川中学》(摄于2023年)

    奥列格夫娜咬紧牙关,用力下笔。她说:"这是我一生难忘的经历,每一次下笔都饱蘸着我的泪水!"

    在冷峻的色调中,有一块鲜红的暖色——那是北川中学唯一没有倒下的五星红旗。而此时,五星红旗正在山风嘶叫声中呜呜地痛哭。

"5·12"那一天,在石椅村

> "5·12"大地震之后,我曾经数次进入北川老县城。北川中学废墟前,是我每次去都要敬献鲜花、洒泪祭奠之处。
>
> 在石椅村采访时,看到奥列格夫娜画的《北川中学》,我非常佩服,向她竖起大拇指,她回了我一个浅浅的微笑。
>
> 石椅村在"5·12"那一天也遭受了劫难。村民秦德翠、邵朝富、黄彦、景小彦、车春华、陈继述等,以平和的心态,回顾了那山崩地裂的一刻。

北川中学对面山上的石椅村,在"5·12"那一天有着怎样的经历呢?

那天上午,石椅村党支部书记邵再贵在修房子,一身泥浆灰土。吃过午饭后,他换了一身干净衣服,准备去县林业局办理相关手续,为村民们领取退耕还林的补偿金。他打电话想叫上村主任王庆保一起去,王庆保说:"我要搭猕猴桃架子,不得空哟。"

于是，邵再贵独自去了。临行前，老伴儿秦德翠打量着他说："你这一身，收拾得周吴郑王的，像个办公事的样儿。就是鞋子脏了点，换上你的新皮鞋吧。"

邵再贵看看脚上穿的旅游鞋，有点灰浆，便用刷子刷了刷，说："这路上灰土大得很，新皮鞋穿上了也要弄得稀脏。"

秦德翠心知肚明，老头子是个千俭省万俭省的人，舍不得穿新皮鞋。邵再贵才走了两步，还没跨出家门，就停下来，耸耸肩膀，一副很不自在的样子。秦德翠一看就明白，老伴儿背上痒痒了，自己挠不着，要她帮忙。她立即放下手中的菜刀，在围腰上擦擦手，然后把手伸进了老伴儿的衣服，找准了背上的痒痒处，力道合适地为老伴儿挠了痒痒，挠得老伴儿浑身通泰，十分舒畅。邵再贵高兴地出了门。

没料到，邵再贵这一去就再也没有回来。

秦德翠还非常清楚地记得最后一次为老伴儿挠痒痒的情形。她说，梦见过好多回给老伴儿挠痒痒。还有，十几年来，那双皮鞋，她擦了好多回，每回都擦得锃亮。还有一身崭新的西装，也保存得好好的。她说："等到那一天，我要去见他的时候，就给他带去。"

秦德翠回忆道："那天下午两点过，院子里的鸡鸭开始乱跑乱跳，我正在吆喝，突然，地面就像牛背一样乱拱起来，房子上的瓦哗哗哗地砸了一地。我站不稳,扶墙墙垮,抱树树摇。我赶快找到孙女,怀有八个月身孕的儿媳妇兰兰也从屋里跑出来,我们就抱在了一起。"

邵再贵的儿子邵朝富,正在山上钻炮眼,准备放炮修路。钻头正在向山石里掘进,卧牛石突然摇晃起来了。邵朝富还有些纳闷儿:我的电钻咋个这么凶,把卧牛石都震动了。还没有明白过来,就见满山落石,从山顶滚滚而下,邵朝富连忙东躲西藏。等躲过了头一波大震,他赶快朝家里跑。

那一天,村民黄彦请妈妈上山来帮她照看不到半岁的小儿子,她自己要去地里锄草。午后,天气异常闷热,在地里干活儿的她正嘀咕"这个背时的鬼天气"时,突然,群山像牛背一样拱动起来,发出雷鸣般的轰隆声,她先是站立不稳,接着像荡秋千一样,被抛到另一个山坡上。而不远处石墙上的石块,全像长了翅膀一样飞了起来。她才明白,这是大地震!等地面停止晃动后,她赶紧爬起来跑回家。幸运的是,妈妈已经抱着小儿子从屋里跑了出来,帮别人干活儿的老公陈继良也赶回来了,一家人惊慌失措地聚在一起。黄彦想到在任家坪读书的大女儿,心一下子提到嗓子眼儿:"晓雨,我们的晓雨咋个样了?"陈继良本想去找女儿,可是路断了,他无法下山。夫妻俩心急如焚。

大地震发生时，在县城打工的村民景小彦，正在超市购物。脚下的地面突然翻起巨浪，将她吞没，然后又将她抛了出来。她从泥里钻出来时，已经距离超市几十米。景小彦的老公陈波，当时在外地开大货车，躲过了一劫。可是他们五岁的儿子，还有陈波的爸爸妈妈，却被王家岩垮塌的山体掩埋了。夫妻俩面对笼罩在浓浓烟尘中的县城，痛哭失声！

地上经受大劫难时，地下却非常安静。

在擂鼓镇煤矿地下五百七十米深处挖煤的陈继述，当时正跟一帮兄弟伙在歇气闲聊，他们完全没有感觉到地动山摇。直到老板来吼叫说："大地震了！你们几爷子还在吹壳子（指闲聊），赶快跑吧！"

他们气喘吁吁地出了煤矿，看到外面已翻了天，到处是垮塌的房子，到处是哭爹喊妈的人。他们根本来不及洗澡，别人看到他们吓惨了，以为是一群"鬼"来了。陈继述也不管那些，他听说北川中学遭泥石埋了，便立即赶往学校去寻找正在读初二的儿子。

山崩地裂之时，陈爱军的妻子车春华，险些没逃出那间工作的小屋。为了照顾在任家坪读小学的女儿，她应聘在任家坪车站当了售票员。为了贴补家用，她顺便捡些矿泉水瓶卖，于是捡了一大堆堆在小屋里。大地震来时，满屋矿泉水瓶在地上乱滚，一踩就滑，根本站不稳，车春华好不容易才连滚带爬钻出小屋。她后来说:"从此以后,我再也不捡矿泉水瓶了!"

陈爱军那时在跑运输,他嫌天热,于是打了个光膀子在任家坪租住的屋子里睡午觉。地震一下子把他从床上掀翻在地,他连忙爬起来,急忙去找妻子和女儿。

见到了妻子,他们紧拉着手一起跑去找女儿。他们在惊慌失措的学生中穿行寻找,终于找到了女儿,还把石椅村在北川中学、小学读书的从地震中逃出来的孩子喊到一起聚集在他们身边,其中就有黄彦的大女儿晓雨。

浑身漆黑的陈继述赶到北川中学时,眼前是一片废墟,他没有找到儿子,简直要急疯了。他一路打听,一路呼唤,终于在一辆挤满伤员的公交车上,找到了右腿粉碎性骨折的儿子,禁不住泪流满面。

邵朝富先跑回家里,看到家里人平安无恙,便去县城寻找父亲。沿途所见,道路断了,房子垮了,人人都灰头土脸。然而不见父亲的踪影。他拉住几个熟人问:"看到我爸没有?"个个都摇头说:"没看见。"

找了半天都没找到,邵朝富垂头丧气,心都凉了。他边抹泪水边走回石椅村,远远地就看到母亲站在村口眼巴巴地张望着,他不忍心对母亲说"没有找到爸爸,他可能遇难了"这样的话,于是咽下苦泪,又折返县城。

二十四小时过去了,四十八小时过去了,七十二小时过去了……

村民眼中最有出息的人,石椅村首任党支部书记何国发的儿子,在县司法局工作的何安忠遇难了。

村主任王庆保在六个兄弟姐妹中排行老五,地震中,他弟弟一家三口,他二哥家的一儿二女均不幸遇难。

还有三个村民,在赶回家的路上被滚石砸中,遇难了。

深受石椅村村民爱戴的老书记邵再贵——他带领村民苦战三年,硬是从悬崖上凿出一条机耕道,让云朵上的山村得以与外面的世界紧密联系——也遇难了!

…………

整个石椅村都浸泡在泪水中。

那些日子,秦德翠简直像疯了一样。她披头散发,山上山下去寻找老头子。人们听不清她嘴里在唱什么歌,只知道她是唱一遍哭一场。

她说:"我们邵再贵最敬重焦裕禄,他到天上会焦裕禄去了。"

我们有祖国，还有山东兄弟

"5·12"大地震已过去了十多年，如今，石椅村这个灾后重建村已发展成为全国有名的花果之乡、乡村旅游胜地。我在多次深入采访石椅村后脑海中不禁有了这样的疑问：村里这样精确设计的盘山公路及合理布局的农家小院，是谁的心血之作？

所有的北川人都说是山东帮助北川重建家园的。山东，是个很大的范畴，为石椅村做设计的究竟是山东的哪一个单位？又都是什么样的人呢？

石椅村的老人们说，2008年的6月，风中总能听到呜呜的哭声，雨流到嘴边是咸的，好像天上落下的不是雨，而是泪。

石椅村的枇杷熟了，沉甸甸地挂在枝头，没有人去采摘，风吹雨淋，掉了一地，烂了一地。7月，桐子李熟了，依旧没有人去采摘，一群群山雀发疯似的，飞到这片林子中啄几嘴，又飞到那片林子中啄几嘴，一只只吃得扇不动翅膀。

连山上的鸟儿们都觉得奇怪——石椅村变得如此沉寂，偶尔有几个来往的村民，也不挥手驱赶它们。即使在马路边的枝头上叽叽喳喳叫个不停,也没有人多盯它们一眼。

那么好的水果啊,太可惜了!

可是,石椅村的受灾群众都知道:比起宝贵的生命,水果算什么,钱又算什么!

那一年,老书记何国发七十五岁,难忍晚年丧子之痛。他说:"地震之后那几天,人都是瓜的,总想到万一有好消息呢。6月才开始心痛,痛得一晚上一晚上闭不上眼睛。"

原来,经过山崩地裂、家园毁灭、生离死别、痛彻肝胆、泪雨滂沱之后,石椅村村民感觉上有些麻木了。

天塌了,地陷了,什么都没了!大地震,仿佛埋葬了一切。

但是,有个概念,开始在村民心中清晰,这就是——祖国。

在北川中学,在曲山镇小学,在北川县城的废墟上,当一个个身强力壮的消防队员、解放军和武警官兵冒着余震的危险,在无法动用机械的情况下,用一双双渗血的手,用一副副青春的肩膀,用一声声深情的呼唤,从废墟中抠出被挤压得奄奄一息的生命之时,村民们感到——祖国出现了!

在余震不断,临时用彩条布搭建的简易棚子被烈日烘烤成蒸笼、被暴雨击打成筛子之时,村民们有了临时的家:几天之内,一座座牢固、漂亮、通风、透气的板房在满目疮痍的土地上矗立起来。板房挡住了烈日的烘烤和暴雨的侵袭，经得起余震的折腾，让村民们有了可以睡个安生觉、吃上热饭菜的家！一位援建干部说："这里是羌寨，尽量用羌族同胞喜欢的颜色，让我们的同胞有亲切感。临时的家，也是家呀。"紧接着，江浙的水，东北的米，河南的面粉，广东的食品，天南海北的物资纷纷送到临时的家——那些物品，仿佛带着一股暖流，让身心俱寒的村民们感到了温暖。村民们明白——祖国就在身边！

一天早上，轰隆隆的声音震动着石椅村。那声音不像是天天从头顶飞过，向困在大山深处的受灾群众运送物资的直升机发出的。村里的大人小孩都跑到路边，一个个睁大了眼睛。

"解放军来了！解放军来了！"

饱经苦难的村民们列队站在路旁，向人民子弟兵挥手，露出了大灾后的第一次微笑。

只见一支开着重型机械的工程兵队伍，就像一股钢铁洪流从景家山开过来了！推土机清除了道路的障碍，填平了巨大的坑洼。

公路打通了，新家园还在规划图纸上，大批建材就早早地绕山绕水运送到云朵上的石椅村。村民们感觉到——我们身后有一个强大的祖国！

接着，一群个子魁梧、操着外地口音的汉子——有好几位还戴着眼镜——身着背上印有"山东"二字的背心，背着测绘标杆，扛着测绘仪器，气喘吁吁地走进了石椅村。一开始，他们并没有引起太多的注意。一连数日，他们在烈日和暴雨中奔走，在每一座小院旁做记录，在每一道斜坡上精细测量……不久，让石椅村家家户户、大人孩子都惊愕的是，一张张"家"的设计图，送进了板房。图上，羌族风格鲜明的建筑物，设计得坚固、精美、敞亮、舒适，完全超出了他们对"家"最美好的想象。再看位置，前庭后院，紧邻果园，靠近公路。还有供水、排污等细节，全都考虑周全。这一幅幅花花绿绿的效果图，将在石椅村变成现实！一连数日，板房里有了笑声。村民们切切实实地感受到——祖国，一直在惦记着、心疼着、支援着我们。祖国，就是我们温暖的大家庭！

在大地震一个月后，党中央、国务院就制定并印发了《汶川地震灾后恢复重建对口支援方案》，提出一省帮一重灾县，举全国之力，加快地震灾区灾后恢复重建。由当时全国GDP（国内生产总值）排名第二的山东省，对口援建特重灾区北川县。当九千多万人口的山东牵手二十四万人口的北川时，山东亲人满怀豪情地表态说："把北川当作俺山东一个县来建设！"

"5·12"大地震发生后，承担援建北川任务的山东省以"再造一个新北川"为己任，举全省之力支援北川灾后恢复重建。三万多名施工人员、一千多辆工程机械，日夜不停地奋战在北川大地上。图为山东援建北川建设工地现场（摄于2009年）

于是，数万人的山东建设大军奔赴北川，从新县城到各个乡镇，到处都留下了齐鲁儿女无畏的足迹。

在北川新县城建设工地上，数百台塔吊并排而立，组成了钢铁森林，上千辆机车穿梭往来，上万人不分昼夜，挥汗如雨，埋头苦干……2010年9月25日，山东省对口援建北川灾后恢复重建项目交接仪式在北川新县城隆重举行，实现了"三年援建任务，两年基本完成"的目标。一座花园般的新县城屹立在北川大地上。

石椅村的板房里，不断传出热议之声：

"你们去新县城工地看看嘛，那个阵仗才叫大呀！全是大家伙——大水泥车、大吊车、大卡车，轮子比人还高！"

"到了晚上，工地上一片灯海，那才叫好看！"

陈爱军和石椅村的年轻人，多次到北川新县城工地上去参观。入夜之后，片片灯火与朵朵焊花交相辉映，满天星光顿失光华。特别是塔吊上的标语，每读一遍都让人振奋：

"像建设自己家乡一样建设新北川！"

"今天，我们都是北川人！"

"泰山、羌山，肩并着肩！"

山东，让北川人民联想起孔孟之乡、水浒英雄。如今，山东好汉为北川灾后重建创下的丰功伟绩，足以惊天地泣鬼神！

知恩图报的北川人，希望在新县城留下"齐鲁广场""济南路""青岛街"，希望在乡镇上留下"泰安小学""淄博中学"，希望建一面怀念墙，在墙上留下几万名山东建设者的手模……

令北川老百姓完全没有想到的是，山东省委、省政府庄重地决定：新北川不留山东痕迹，援建项目不能以山东地域命名。

山东援建工作指挥部新县城建设组组长栾厚杰说:"山东对口援建北川是党中央、国务院的决定,是对山东的信任。把北川建设好,是山东义不容辞的责任。如果要感恩,不是感哪个省、哪个人的恩,而是要感谢党的坚强领导,感谢优越的社会主义制度,感谢全国人民的无疆大爱。山东人民的奉献,不要刻在石头上,而是要刻在北川百姓的心中。"

一位山东援建者代表说:"援建北川,把北川的房子修好建好,是为北川老百姓建立新家园。新北川命名如果烙上山东味儿,会让北川老百姓缺乏归属感。"

山东好汉,大恩人哪!做了天大的好事,居然不留名。这让北川人民再次被深深感动,一说起就要掉泪。

2011年2月1日晚上,北川新县城举行了以"开启永昌之城·点燃幸福之火"为主题的盛大开城仪式。巴拿恰广场中心的大篝火堆,光焰冲天,数千人手牵手跳起了欢乐的沙朗。与此同时,禹王桥头、尔玛小区、禹龙小区、新川小区、永昌小区等处也分别点起了篝火,满城灯火,照亮了北川的夜空。

在万众欢腾之夜,山东只留下一位驻北川联络处的负责人,这位负责人在参加开城仪式后也悄然离去——在那欢乐的春节"黄金周",全国各地有四十多万名游客涌入北川。

而山东的恩人们，却未与人们共享开城之夜及"黄金周"的欢乐，真是天大的遗憾！

北川人民永志不忘山东恩人。县民政局的一名工作人员说，2011年，一位北川老人给小孙子起名"李淄博"，一批北川的新生儿起名"思东""念东""怀东""思齐"等，年轻的父母说："我们要让孩子们世代铭记山东的恩情！"

据说，在北川新县城，很长一段时间，但凡有山东口音的游客买水果，小贩们都拒绝收款，执意赠送；有游客来饭馆，一听口音是山东人，老板执意免单，而且必须盛情招待山东恩人——请都不容易请到的贵客。

一再询问时任村支书王庆保，来石椅村帮助做建设规划的是山东哪个市的哪个单位，他说不晓得，只记得做规划的人很年轻，有个戴眼镜的，有个稍胖的，还有个瘦瘦的总工，总共有几十个人——都没有留下姓名！一声令下，他们就悄悄地撤走了……

说来说去，他也只记住了两个字——"山东"。

恩人，没有留下姓名

> 我继续替石椅村人追寻山东恩人，经过多方查访，终于找到了，帮助石椅村做灾后重建规划的是青岛市城市规划设计研究院和青岛市建筑设计研究院（以下合称"青岛规划院"）。
>
> 几经联系，终于采访到"青岛规划院"的W副院长。在他的安排下，我通过视频会议见到了Z院长、K总工等为石椅村做规划的数十名设计师的代表。

W副院长戴着一副眼镜，Z院长微胖，K总工瘦瘦的挺有精神——他们正是当年与石椅村村支书王庆保打过多次交道的山东恩人。

W副院长首先做了解释："十五年前就有规定，参与灾后重建是党和国家给我们的光荣任务，绝不能留下山东痕迹。既然山东的痕迹都不准许保留，我们个人的名字就更是不值一提啊。我们在石椅村、曲山镇和北川县所做的，都是分内的事。我们还一直担心，在设计上有考虑不周全的地方。"

接着，山东恩人们你一言我一语，谈及当年在石椅村搞设计的事。

听说要派人支援北川的灾后重建，"青岛规划院"沸腾了，大家都踊跃报名，Z院长、W副院长和K总工，当年都是二十几、三十几岁的青壮年，不仅精力充沛，还是业务拔尖的技术骨干。

Z院长，搭建板房时就到了北川。石椅村一次来了八百多人，参加搭建板房的就有四百多人。此外，基建工程、电力公司等也都到村上来了。到了6月中旬，中央明确了山东援建北川之后，再分工，青岛对口支援曲山镇、陈家坝镇，"青岛规划院"负责这两个镇的总体规划。K总工手头就有九个村十个点位的规划设计任务。山东省委、省政府提出"三年援建任务，两年基本完成"的目标，给了"青岛规划院"相当大的压力。白天跋山涉水搞测绘，晚上熬更守夜搞设计。总指挥部不断提示，要按新农村建设的标准，全面考虑能源、供水、排污等问题。可以说，为了实现好上加好的目标，国家不惜代价地进行了投入。

国家不惜代价投入，设计师们也勇于付出。他们说，一辈子也没有流过那么多泪水，一辈子也没有流过那么多汗水，一辈子也没有那么劳累过，还有呢，就是一辈子也没有长过那么多包……

山区气候闷热潮湿，有很多"小咬"（也叫蠓蠓蚊，即蠛虫）。那么小的虫子，一叮一个包，痒得不行，一抓就流血。上阵不到一周，人人都挂了彩。

每天，他们都带着测绘标杆和各种设备仪器，乘车从绵阳郊区住地赶往北川。因为通往石椅村的公路断裂了，还有很多大石头挡路，他们就只能下车，扛着仪器，背着标杆，从已经废弃的悬崖边的老路往上爬。爬了两个多小时，终于到了村寨中心位置。让他们感到疑惑的是，山这么高，住在这石头山上的村民怎么生存？再一看，满山都是枇杷树、李子树，看来村民们都非常勤劳。让他们感到高兴的是，这里的山体结构比较稳定，不易产生次生灾害。让他们感到为难的是，石椅村三个村民小组，一般都是一户人家或两三户人家住在一小块台地上，太分散了，要规划得让一百多户人家家家户户都满意，真是不容易。

好在K总工早就研究过羌族风格民居，在他的带领和主持下，设计师们达成了共识——要围绕"宜居宜业"精心设计。宜居，就要考虑采光透气，居住舒适方便；宜业，就要考虑与自家果园的空间关系，包括贴近公路，便于浇水施肥和采摘运输等。他们夜以继日，精心设计了六种方案，分发到各家各户，征求意见。经过反复征求意见之后，他们终于把各家各户的设计图定下来了。

他们还对石椅村进行了着眼于发展乡村旅游的整体规划设计,把农房重建与传承当地羌文化、发展农文旅产业结合起来,力推"一户一园,一园一景,连点成片,四季如画"模式,以旅游产业拉动特色农业发展。经过风貌改造,石椅村新建了羌寨寨门、文化广场和接待中心,改造了进村入组的公路,安装了低碳节能路灯,还修建了污水处理池和垃圾回收站。

其中,难度最大的是村里公路的改造。大家都知道,山区公路要尽量沿着等高线修建,坡度不能超过百分之八,如果考虑到冬天的霜雪,坡度得控制在百分之五以内。因此,村里的每一道坡每一个弯,都要经过反复测量,都得做一番精细计算,按行业内的说法,设计师们在"可达性"上下足了功夫。

因为太缺乏睡眠时间,设计师们往往一上车就能睡着。晚上回到住地,赶快把空调打开,好凉快凉快透透气。有一天晚上,Z院长连衣服都没脱,就躺下睡着了。半夜被蚊子咬醒,开灯一看,身上裸露的地方,体无完肤。

W副院长面对镜头,举起一张图纸说:"我们找到了石椅村一组、二组的道路与住宅设计图。我看电视里播放的石椅村,已经把这张图变成立体彩色的了,心中特别高兴。"

他还说:"在北川搞援建那一年,我二十七岁。我们好多同伴都觉得赶上了吃大苦、流大汗,得到大锻炼的机会。同时,还跟北川的群众一起,度过了最艰难的时光。这让我们一生难忘!"

他们说,刚到石椅村的时候,他们见到村民们因为失去亲人,眼神忧伤,面容悲戚。当他们将新房的图纸送到各家各户之后,村民们看到了新家,看到了明天,终于露出了笑容。

Z院长说:"看到乡亲们笑了,再苦再累,也都值得!"

乡亲们笑了——这是亿万心系灾区的同胞共同期盼的啊!

山东的兄弟们啊,你们让痛苦的灾区群众减轻了痛苦,你们让绝望的人们看到了希望,你们是北川的大恩人,怎么能让北川的父老乡亲忘记呢?

W副院长说:"我们院去北川搞援建的设计师,建了一个微信群,至今还在关注着北川。我们为北川,也为石椅村的进步和发展,由衷地感到高兴!"

W副院长一再叮嘱,不能暴露"青岛规划院"援建石椅村的设计师的姓名。

这真是:捧着一颗心来,不带一棵草走!

2010年11月3日,北川上演了动人的一幕:

最后一批山东援建者返乡的盛大欢送会在北川新县城体

育中心隆重举行，上万名北川群众用鲜花、掌声、热泪和拥抱，送别圆满完成援建任务撤离的山东亲人。

当时，石椅村党支部书记王庆保、村委会主任陈华全、村委会副主任陈继述三人代表石椅村参加了欢送大会。他们一直在后悔，"青岛规划院"的兄弟上山下山，为石椅村做了那么多好事，别说是献上几坛咂酒，就是茶水也没能请他们喝上一口！

王庆保后悔不已地说："唉，我们该咋个报答山东的兄弟啊？"

说起山东兄弟的无私奉献，王庆保哽咽了，陈华全、陈继述也哽咽了。

欢送会过后，他们三人不知不觉地卷入人潮之中，随上万名北川群众涌上大道，目送载着山东兄弟的大巴车缓缓开过。

车外，北川人民挥动鲜花、彩旗，一个个饱含热泪，大声呼喊。

车内，一个个山东汉子应答着，有的竟双手捂脸，泣哽咽不已。

欢送会上的那一首二人唱的《山东兄弟》，变成了万人大合唱：

喊一声兄弟，

我永远忘不了，

我们永远记得你的好。

⋯⋯⋯⋯⋯

那一天，王庆保、陈华全、陈继述送走山东兄弟后，嗓子哑了，眼圈红了。多年后，陈华全还记得那一首《山东兄弟》，他说："我虽然唱不好，但一辈子都忘不了那个调调。"

上 篇

接力棒，接续奋斗

苔子茶与老书记的"土理论"

　　人类的嗅觉及舌尖上的味觉不会有太大的差别。石椅村的苔子茶在玻璃杯中悬浮，一片热雾，带着清香，扑鼻而来，抿上一口，那温暖的茶汤，带着清甜味，滑喉而下，口感妙极了。一口接一口喝下，毛孔舒张，浑身通泰，那个爽感，难以言表。

　　石椅村种苔子茶，是在老书记何国发任上开始的。几十年过去了，如今，苔子茶已成为村民的重要经济来源之一。

　　那一天，俄罗斯女画家叶夫莫列娃悄悄走进茶园写生。

　　一阵春雨过后，2023年石椅村第一茬明前茶正式开采。一群采茶女梳洗打扮之后，身穿鲜艳的羌族服装，个个美若天仙。茶树上刚铺上一层嫩绿，采茶女一双双纤纤玉手则如灵活的小鸟，上下翻飞。不一会儿，竹箅里就有了一层嫩嫩的青翠，这就是名贵的北川苔子茶。

　　采茶女一边劳作，一边说说笑笑。忽然听到远处有采茶女唱歌，这边的采茶女随即应和。清脆甜美的歌声，在茶园里回荡着。

叶夫莫列娃惊奇地发现,石椅村的村民连干活儿都充满了诗情画意。

采茶女们用实际行动诠释了别林斯基的美学论述:"只有劳动,才能使人变得幸福,使其心灵变得开朗、和谐、心满意足。"

叶夫莫列娃怀着莫大的惊喜,创作完成了油画《羌山采茶女》。当她把这幅油画拿给石椅村的采茶女看时,她们都惊叹不已:哇,这位女画家的眼睛好"毒",画笔真"神",把采茶女画得惟妙惟肖、韵味十足,真是太美了!

石椅村的采茶女美,所产的苔子茶味道也美。

苔子茶,早在唐朝就是给皇宫进献的"贡茶"。2009年10月,国家质检总局批准对北川苔子茶实施地理标志产品保护。2023年,北川苔子茶入选农业农村部农产品安全质量中心公布的《第二批全国名特优新农产品名录》。为什么苔子茶有如此地位呢?

因为,苔子茶生长于海拔一千到一千八百米的高山密林。北川气候特点是昼夜温差大、云雾多、直射日照短。这使得苔子茶耐寒、芽壮、叶厚、氨基酸含量丰富。这样的茶,自然滋味醇厚、香气浓郁、颇耐冲泡、回味甘甜,是绿茶中的珍品。

石椅村种植有优质苔子茶八百亩,如今因茶致富、因茶兴业的村民越来越多,苔子茶已成为当地发展农文旅产业的重要依托之一。图为石椅村高山苔子茶茶园(摄于2024年)

石椅村种植有优质苔子茶八百亩,苔子茶已成为村民的重要经济来源之一。说起石椅村苔子茶的种植史,必然要说到首任村党支部书记何国发。

何国发的家在哪里?在"天然居"。"天然居"位于石椅村三组,大山的最高处,那里有一座高压线铁塔,像是地标,很好找。

从石椅羌寨出发,顺着公路上行,一路是坡连着坡、弯连着弯,步行二十多分钟,便可看到一块台地上新盖的一栋方方正正、风格简约的五层楼房,那就是"天然居"。

九十岁的何国发个子不高,瘦筋筋的,挺有精神。他正拄着拐杖,站在公路旁,而八十岁的老妻赵秀英正骑在颤悠悠的树杈上,按他的指点给枇杷树修枝。在石椅村,连八九十岁的老人都闲不住。都说四川人酷爱打麻将,而在石椅村,除了农家乐有供游客玩乐的"机麻",村民家没有一张麻将桌,更没有一个人打麻将!

打过招呼,何国发笑笑说:"我要不是摔着了腿,照样要爬树修枝。"

来到"天然居"院坝,站在这里,视野非常开阔,整个石椅村弯弯曲曲的公路、层层叠叠的果园、星星点点的民居,尽收眼底。村里人都说老书记这一辈子站得高看得远。

何国发轻轻挥挥手:"快莫那么说。我的命不好,遭罪的大事,遇得不少,只不过我比较乐观而已。"大家都知道,何国发胸中有一部"村史",便请他简略说一说他亲历的石椅村的巨变。于是他一边喝茶,一边娓娓道来:

"我生于1933年,在石椅山长大成人。小时候,这里是原始森林,野兽多得很。解放前夕,这里成了土匪窝子。当时有一首民谣唱道:'过了凉风垭,才能见爹妈。过了曹山坡,本钱摸一摸。过了旧关岭,本钱才得稳。'若是遇上土

石梅村村民勤劳肯干，连上了年纪的老人也闲不下来。图为何国发夫妇正在为枇杷树修枝（摄于2023年）

匪，被抢了钱财，能保住一条命算是走运的；若是遇上抢了钱财，还要杀人灭口的土匪，那就倒了血霉了！

"1950年初，北川解放。然而国民党残渣余孽和当地土匪恶霸相互勾结，发动武装叛乱。他们煽动加上强迫，把一些不明真相的群众拉进他们的队伍。当时我才十七岁，也被他们拉走。匪首给大家讲话，吹嘘说自己功夫如何了得，肯定能轻易打败共产党。我很好奇，便挤到前面。匪首用刀、斧胡乱比画，说自己已经练得刀枪不入。我看得很真切，冒了一句：'你砍下去不算，要是把刀拖一下，不出血才怪！'我刚说完，匪首就吼道：'哪个胆敢在这里扰乱军心，拖出去砍了！'我就被土匪从人群中拖了出来。危急之时，一个同村的长辈骂了我一句：'屁娃儿，你懂个啥？赶快闭上臭嘴！'然后，他赶忙给匪首递话：'一个屁娃儿，不懂事，饶了他吧！再说，兵马未动，先斩自家人也不吉利啊。'好说歹说，匪首下令抽了我几大鞭子，才把我撵走。后来想起来好险啊，我算是捡了一条命。

"解放后，我给县委书记当过警卫员，后又被送去上初中。读了书之后做过坝底乡团委书记、北川县团委副书记。1962年，我回到石椅村担任党支部书记。也就是说，1962年石椅村才有了基层党组织。

"刚回到石椅村时，村里是'三无'：无烟，无水，无粮。因为大炼钢铁，石椅山的大树被砍光了，山上连烧火柴都缺，所以叫'无烟'。另外，山上旱得很，缺水。千头万绪，除了开荒多种玉米和洋芋填饱肚子，最重要的是要培养人！先给村里办一所小学吧。我请本村一个读过四年级的年轻人夏家琪当老师，后来又请来了严老师、乔老师，借房子办学。一开始，只有一个班十来个学生，经过四五年努力，发展到三个班九十多个学生。办小学，不但让娃娃接受了教育，还让家长们腾出精力来搞生产，解除了后顾之忧。

"我还多次跑县教育局，为三十多个学生申请到助学金，减轻了他们的家庭负担。还召开村民大会，硬是从村上腾出将近两亩田，用作'教育田'，由村干部或学生家长投工投劳，收得的农作物卖了钱后，用作学生的学费。所以，在我们石椅村小学上学的娃娃，都不用交学费。现在村里的人，很多都是从这个小学毕业的，包括后来的村支书邵再贵、陈爱军等。

"我抓的第二件重要事情就是发展党员。没得党员带头，群众团不拢，就是一盘散沙，啥也做不成。那时候，我领着发展对象，背着干粮和水，爬坡下坎，到曲山镇去宣誓入党。我们村党支部陆陆续续发展了十多个党员。事实证明，这十多个党员都是能干事的人。比如，第五任村支书邵再贵，是个慢性子，但是，只要他认准了的事，花三天三夜的时间也要办下来。我对村干部有一个起码的要求：对上面，要把村上的账目说得一清二楚；对下面，不占不拿村民一针一线。

"我从村支书任上退下来之后，当过村上的会计，还当了二十多年贫协主席。这个贫协主席非常重要，监督村上的干部。从1962年开始，石椅村建立党支部六十一年来，从我到陈爱军，七任村支书，不说大话空话，朝着一个方向努力不动摇——让我们石椅村的老百姓过上好日子，中间没有一个闪过火。

"我还发现石椅村太缺少能工巧匠了。修个柴油机，找不到人；打个粪当当（指粪勺），没得人会。我们就请'五匠'进村里，不管是石匠、铁匠还是电工、木工，来了就好好招待。只要他们多住些日子，就想法请他们给村里带几个徒弟娃，村里能工巧匠多了，挣钱的路子就多了。你看，陈华全、邵朝富学到了放炮的技术，为打通大岩路，起到了多重要的作用啊。"

驻村干部张源说到何国发老书记时，谈到了自己印象最深的一点："何国发老书记喜欢发明'土理论'。他给接任的村支书说，当好村干部，要做好四条，那就是'走路要看，睡觉要想，说话要听，不说要问'。"

老书记解释说："'走路要看'，是指村干部走路要眼观六路,要看庄稼、看果木、看生产,还要善于看到问题。'睡觉要想',是指晚上睡在床上要想想村上的问题咋个解决,明天该干些啥子事。'说话要听',是指群众对你说话,要认真、仔细听,才能了解他们的需求,帮助他们克服困难。'不说要问',是指有的群众不爱开腔,你要主动热情地去打招呼,了解他们有什么意见或想法藏在心头。"

何国发总结归纳的做好村干部的"四条真经",简单实用,他的接班人也就按他的这四句话去做,让石椅村发展了几十年。

他还有"治家理论""治村理论"等"土理论",都是他几十年基层工作经验的总结,充满了泥土味儿,很朴实,也很实用。

何国发还特别说到种苔子茶的事:

"其实,我们一直在想,种玉米、洋芋,只能解决吃饱饭的问题。石椅村要把经济搞起来,必须多找几条路子。我们曾经花大力气引进苍溪雪梨,还以为坑挖得大、肥施得多,果子就能结得多,结果却是一场空。后来,村里又响应县上的安排,大力种植布朗李,并按照要求挖大坑、下重肥,结果果子溜酸,没得卖相。几年的工夫白费了。

"农村有句俗话叫'狗撵摩托,不懂科学',说的是山里的土狗,没见过世面,看见摩托车跑,非要去追赶。细细想来，这话的确有道理。我们当干部的，办什么事都得讲科学，还得结合实际。

"种苔子茶，是1970年开始的。听老人说，北川很适合种茶。我们山上就有明朝时种下的老茶树。我小时候还见到有陕西商人在县城开茶号，收茶叶。茶叶分为两种，一种是用揪下的嫩芽做绿茶，一种是用老叶子做藏茶。1952年，县上成立茶厂，生产西路边茶。1970年，县农业局和区上都有干部下来，征求意见，鼓励石椅村种茶，培植自己的经济支柱产业。县上推荐了适合北川自然环境的苔子茶。

"小小的茶苗，经过三年精心栽培，开始采摘了。鲜叶三毛至五毛钱一斤，比种玉米、洋芋挣得多。一背篼一背篼的鲜叶背下山，又不需要摆摊，直接卖给茶厂就能变现金！数着现钱，村民一个个都笑嘻了（指特别高兴）！

"还有一件事，那时中药材俏得很，我就想方设法种黄柏、厚朴。听说北川中学校园里有两棵杜仲，我们就想法弄了些种子来育苗。杜仲苗也能卖上好价钱。

"当时我们村有三百多人，却只有八九十个劳动力，全年生产都很紧张。白天忙地里的活儿，晚上还要集合起来挖水井。每年都是从年头忙到年尾，逢年过节都没耍过。我们这样勤扒苦做，其实早已过了每年人均千斤的'粮食关'，就是不敢往上报。公社的干部也心知肚明，全乡只有我们石椅村和另一个村按时缴完了公粮。你们总不能鞭打快牛，再让我们翻倍缴吧。我心头确实有小九九（指小想法、小心思），不是我村支书兼会计敢瞒产，是为了让全村人能吃饱饭。"

说到这里，何国发笑得很开心："后来，在村支书陈明贵的带领下，全村种了四百亩苔子茶，人均一亩多。随着茶叶的发展，全劳动力每天的工分值，从不到四毛钱提高到五毛钱以上。当时，在整个北川，每天工分值两毛钱、三毛钱的多得很。超过五毛钱的，真不多！可千万别小看这一毛钱的提升，搞对象，娶媳妇，这就是很大的优势啊！虽说石椅村有吓人的牛角岩，但是比起别的穷山村，总要好点点嘛！我真心感谢苔子茶，它为我们石椅村早期的发展立了大功！"

老书记的讲述，又不禁让人联想起叶夫莫列娃画的《羌山采茶女》。

采茶，这一蕴含着美学意义的劳动中，深藏着脱贫致富，改变自身命运的主题。在明媚的春天，石椅村的姑娘们盛装上山，采茶的同时不忘感恩大地、感恩自然，竟也有了一种神圣的仪式感。

茶山，花果山，接力棒

"我能为石椅村做啥子？"

从1962年到2023年，从何国发、陈明贵、刘耀德、陈财业、邵再贵、王庆保到陈爱军，石椅村每一任党支部书记都对自己提出过这样的问题。

于是，他们心中有了明确的目标，任期内一定要为石椅村办成一两件大事。

1978年，陈明贵接替何国发，担任石椅村第二任党支部书记。为了填饱肚子，他带领村民开垦荒山荒坡，种玉米、洋芋，千方百计多生产粮食。当时，四斤洋芋换一斤大米。有了大米，掺上玉米面，家家户户就能吃上"金裹银"了，至少肚子不像以前那么饿了。

但陈明贵也清醒地认识到，一个"通信基本靠吼，交通基本靠走，治安基本靠狗，闲钱基本没有"的山村，依然是贫困的。

再看看老书记何国发提倡种植的苔子茶，效益越来越好。村两委商讨后，决定把村里大片的白夹竹林开辟成茶园。全村人齐上阵，一到农闲就去坡上挖白夹竹，腾出土地种茶树。在陈明贵任上，石椅村新增了百亩茶园，村民的收入也跃上了新台阶。

1983年，刘耀德接替陈明贵，担任石椅村第三任党支部书记。

刘耀德是一名退伍军人，他以铿锵有力的声音向全体村民发表"就职演说"："村看村，户看户，群众看干部。一个村搞得好不好，领头羊是关键。我绝不辜负大家的期望，一定当好领头羊！"

他首先想解决石椅村的用电问题。因为石椅村被牛角岩的悬崖绝壁阻挡，高压电线牵不上来，村里只能立木电杆，挂铝线，每天只通两小时照明电，那灯泡就像得了黄疸似的，显得没精打采。

刘耀德不厌其烦地找镇上沟通，找电力部门协商，议定牵线、通电的相关方案。经过多次协商和多方沟通，电力部门终于同意，支援石椅村水泥电杆和电线。但是，十米长的水泥电杆又长又重，石椅村无路可通，怎么运输呢？于是，在凉风垭上，村民们架起一台绞磨，山里人有的是力气，喊着震天响的号子，推着绞磨，硬是用钢缆绳把一根根水泥电杆吊到了云朵上的石椅村。

电灯亮了，大喇叭响了，电视机屏幕向高山羌寨展现了山村之外的精彩世界。入夜之后，刘耀德雄赳赳气昂昂地走在山间小路上，看着村里家家户户灯光闪耀，心中有说不出的高兴。

然而，当时的农村正迎来一系列变革，农村基层干部所面临的压力更是多方面的，并不像有些人调侃的那样就只是"催粮催款，上山打犬"。全力发展农村经济，帮助村民脱贫致富，那可不是一句空话。村里还有各种各样的矛盾需要刘耀德去解决，更有干不完的活儿需要他亲力亲为。一天，刘耀德一边走一边考虑，突然觉得腹痛难忍，顿时汗如雨下，联想到最近便血，他不得不去县医院做检查。一检查，是直肠癌晚期！四十多岁的刘耀德，不久便英年早逝。

1988年，陈财业接任石椅村第四任党支部书记。

他说："我这一生有'三早'：我父母死得早，我才十九岁，就担起了养育三个未成年的妹妹的重任；我结婚结得早，结婚娶了媳妇，家里才多了个帮手；我当干部当得早，二十一岁就当生产队长，后来又当村民兵连长、团支部书记。1976年，经何国发、陈明贵介绍入党。1978年被选为村主任，1988年接刘耀德的班，担任石椅村党支部书记。"

石椅村的村民都说，一个十九岁的哥哥，能尽心尽力地把三个未成年的妹妹拉扯大，很不容易，而且每个妹妹出嫁，都办得风光热闹，大家都夸陈财业是"有肩膀的男人"。确实,当好这个"哥老倌",比当"村官"更难。还有一种说法是,他能管好那么难管的小家,一定能管好生产队这个大家,所以选他当干部,大家都口服心服。

陈财业说:"当上村支书,压力大得很。从何国发老书记开始,种粮食,种茶叶,解决用电、用水问题,个个书记都做出了成绩。我能为石椅村做啥子?我心知肚明,有三件大事要做:一是继续解决用水的问题;二是打通牛角岩,让石椅村通公路;三是找到比苔子茶更来钱的种植项目。结果,在任上我做了两件事,一是安水管,二是种枇杷。修路的事,做了个简单规划,起了个头,后来由下一任村支书邵再贵去完成了。"

石椅村所在的山体,属于喀斯特地貌,存不住水,因此村里全年大多数时间都缺水。那年月,村民的饮用水都要到村里唯一的水井——龙王井去挑。龙王井,实际上是一股泉水的出口,在靠近景家山的半山坡上。从石椅村走过去,不仅路途遥远,山路崎岖,而且到了井边还得排长队,筷子那么细的一股水,常常让村民通宵等候。陈继述家在三组高坡上。他家挖了一个水函函,里面不仅长青苔,也长癞蛤蟆。陈继述说:"我从小喝癞蛤蟆水,喝了好多年!"为了解决用水问题,历届村干部都劳神费力,想了很多办法。

比如,天大旱时,村上会组织青壮年,用一种古老的、效率很低的方法求雨——背着火药枪，爬上景家山山顶，向一团团云开枪"打雨"。其结果往往是，砰砰砰地放了一阵枪，声震山谷，却没有震落一滴雨水，连云朵都懒得动一下。

缺水，卡住了石椅村人改善生活和发展生产的"脖颈"。陈财业经反复思考，跟村两委班子商量后，决定在村里的中心位置修建一个大水池，将龙王井的水和零星水源的水引入大水池中，供村里使用。但是，龙王井的水如何引过来呢？过去，村民是将竹子剖成两半，打通竹节并连接起来引水。然而，竹子怕晒易裂，使用寿命很短，又买不起铁水管或塑料水管，石椅村的能工巧匠们便左思右想，终于想出个花钱少且效果好的妙招——用水泥浇筑引水管。

其具体做法是，将一根圆木包上一层塑料布，置于一木盒中，将水泥灌注于盒中，等水泥凝固定型之后打开盒子，取出塑料布并抽出圆木，一根水泥引水管就浇筑好了。在全村人的共同努力下，一条八百多米长的水泥引水管，从龙王井一直铺到了村子中心的大水池。大水池能储存两百立方米的水，干旱时，能为村子提供必需的人畜饮用水，有时还可用来浇灌庄稼。

一件大好事做成了，陈财业受到村民们的交口称赞。

可是陈财业并未满足于此，他又把目光投向了牛角岩。他很清楚，石椅村如果只靠景家村那条机耕道，绕行十几公里才能与省道相连，就太制约自身的发展了。只有打通牛角岩，石椅村才能走上致富路。经过多次研讨，村两委达成了争取用五年左右的时间打通牛角岩，建成大岩路的决议。虽然这项工程最终是在邵再贵当书记时才得以完成的，但前期，陈财业参与的谋划和决策起到了奠基的作用。

陈财业绞尽脑汁，想为石椅村找到更多的生财之道。

一天，他有了新思路："我家门前有一棵老枇杷树，结的果子虽然小，却比较甜。多年以前，我去凉风垭，看到一家人的洞庭大白枇杷长得好，大个大个地吊在树枝上，很是喜人。我就要了一根枝条，带回来嫁接。那时候，县农业局的技术员经常在乡下转，教我们如何增加地温，促进红苕增产，还教我们制种，确保来年丰收。他们帮我把这个枝条嫁接好，两三年后挂了果，摘了一提箢大白枇杷提到县城卖，竟卖了一百多元！有两个摆地摊的，按八毛钱一颗买了两颗尝了尝，赞不绝口，连说好吃。"

"一提箢枇杷卖了一百多元！"这条消息轰动了石椅村。

对市场很敏感的陈华全，向村两委建议把种枇杷作为新的经济增长点来抓。村两委商量来讨论去，也没有个结果。因为，他们都非常了解"民情"——对于村民来说，"磨破嘴皮子，不如做出个样子"。邵再贵、陈财业等几位村干部便开始带头种枇杷。

他们邀请县农业局的技术员来村里对栽种环境进行科学论证，论证结果是：石椅村气候温和，土质优良，适合种植枇杷。陈财业吃了一颗定心丸。县农业局组织去成都龙泉山参观时，他带队去学习取经，并购买了一大捆枝丫——五毛钱一枝，一枝上有三个芽苞——做好了引种的准备工作。

为什么引种龙泉的大五星枇杷呢？

经反复对比，陈财业、陈华全他们发现，龙泉的矮种枇杷相对于洞庭大白枇杷优点更多，除口感好之外还便于贮存运输。但是枇杷挂果的周期很长，一般为三到四年，加之很多村民没有见过这种枇杷，不敢冒这个风险。针对这种情况，陈财业他们就入户动员，掰起指头算账，一棵树一年能摘多少斤果子、能卖多少钱，而同样面积的土地种粮食要投入多少、收成是多少，相比之下哪样更划算。这样一算账，种枇杷的农户便一年年多起来。

陈财业和邵再贵还用了三块苗圃来育种，把育好的树苗低价卖给村民，对有些贫困户甚至不要钱，直接送。他们还手把手地教村民适时对枇杷树进行矮化、疏花、疏果、套袋、施肥等管理工作。一次丰收，一次扩种；一次扩种，一次增收。由于北川出产的是高山枇杷，比全国大批量上市的江南枇杷晚熟一个月，填补了市场空白，每斤三至五元的枇杷销路非常好。若是挑出大个儿枇杷,一斤卖十元以上,也非常抢手。

与此同时,村干部们觉得,村里还盛产桐子李,可以紧随枇杷之后供应市场。往年,以粮为纲,加之交通不便,桐子李卖五分钱一斤还没人要,只得任其烂掉,气得农户们砍掉李子树种玉米。如今,人民生活水平提高了,水果需求量激增,清香甜脆的桐子李突然受到了市场青睐。石椅村立即做出反应,调整产业结构,五星枇杷加上桐子李,成为村里发展农业经济的重要支柱,家家户户都种下了"摇钱树"。经过近二十年的发展,云朵上的石椅村,峰峦叠翠,风光旖旎,一千二百亩枇杷,四百亩桐子李,是一百多户人家的绿色金库,也是三百多位村民富裕生活的坚实保障。陈财业将自家的农家乐起名为"花果山庄",而整个石椅村,不就是一座飘着花香、淌着蜜汁的花果山吗?

2001年,陈财业将村支书的接力棒交到邵再贵手上,同时也将打通牛角岩、凿通大岩路的使命交给了邵再贵。而邵再贵不辱使命,带领石椅村快速发展,正当他铆足劲准备带领村民更上新台阶时,却不幸在2008年"5·12"大地震中遇难。

村主任王庆保接过了村支书的接力棒,收拾破损山村,组织灾后重建,扎扎实实干了五年。

悬崖上吹响"牛角号"

> 石椅村党支部书记陈爱军特别强调：从1962年石椅村成立党支部以来，历届书记都注重抓生产，把改善村民的生活放在最重要的位置。每一任书记都要为石椅村做一两件大事。第五任书记邵再贵给自己定的目标是，在悬崖上开辟一条公路（后来定名为"大岩路"），与安（州）北（川）公路相连，结束石椅村不通公路的历史。这对于小小的石椅村来说，是一项史无前例的浩大工程。

从安北公路主道的一条岔路上山，只需几分钟车程，便可直达石椅村。

这一段悬崖上的公路，是邵再贵带领村民，苦战两年半开凿出来的。担任爆破的两大主力，一个是陈华全，一个是邵再贵的儿子邵朝富。然而可惜的是，邵再贵还未能看到这一段路怎样为石椅村的脱贫致富发挥重要作用，就在"5·12"大地震中不幸遇难了。

大岩路修通以后，旅游大巴和观光车辆猛增，有一段路由于路窄弯急，会车困难，存在一定的安全隐患。于是县上派出施工队将这段路封闭三个月，进行全面拓宽整修。

我很想去看看当年这条路开通前村民们走的是怎样的悬崖小路，就请陈华全带我前往。

陈华全有些为难，他说："那你得早起，七点之前，趁施工队还没有开工，进入施工地段，那一段'伤心路'就在施工区内。"

这是2023年4月初的一个清晨，天麻麻亮，我就从住宿处出发，一路下坡走到陈华全的家。陈华全略感惊异："老爷子，你都是八十岁的人了，我确实不想让你爬那么危险的路，故意说七点之前来，心想你不可能早起，没想到你硬是早起了。"

他没办法，只好开着一辆小车，载着我驶进了施工地段。在公路旁的悬崖边，有一段半米多高的"拦马墙"，类似高速公路旁的护栏。在一个不起眼的缺口，他指着悬崖下说："这就是当年的'伤心路'。"

薄雾正在散开，朝下望去，陡崖壁立，树木难生，只见荒草萋萋，长满岩缝。羊肠小道如一条细线，时隐时现。我执意要攀崖下山，他不得不给我当向导。

由于昨夜下过雨，长了青苔的石板又湿又滑，没有铺上石板的泥巴路则更加泥泞。我跟着陈华全，一步一步小心翼翼地踩着他的脚印下山，不禁想起了采访中听到的当地流传多年的民谣：

> 有女莫嫁石椅山，
> 天晴下雨路不干。
> 男的穿双脚码子，
> 女的套个篾圈圈。

"脚码子"，就是一种套在鞋上的由铁匠打的带钉的铁环；"篾圈圈"，就是竹篾绾的套在鞋上的竹环。这些都是为了在滑溜的山路上增加摩擦力，防止滑倒的老物件。如果在这陡直的悬崖上摔一跤，后果不堪设想。

有几处路太窄，人得脸贴崖壁，手抠岩缝，小心挪动脚步，侧身而过。想想当年背着一大背篓水果的村民，重心在后背，通过这段路时该有多危险啊。

我们平安地下到了半山腰的"关门石"，在岩窝子里看到一块石碑，上面镌刻的是大岩路简介，其中有一段写道：

> 2001年，村两委确定调整产业结构，致富于民，促进石椅经济发展。在时任村支部书记邵再贵同志的带领下，发动全村老百姓集资投劳，夜以继

日,艰苦奋战两年半,终于在峭壁上开凿出一条带领群众致富奔小康的康庄大道。

我有些纳闷儿:为什么要把这块石碑立在岩窝子里?

陈华全说:"地震之后,山体松动了,如果把石碑立在暴露的地方,不晓得哪天掉下来一坨大石头,就会把它打个稀巴烂。为了让这块石碑能保存下来,把它安放在岩窝子里,更保险。"

从公路旁可以看到高耸的牛角岩,它犹如一只牛角从悬崖上伸出。从挂在牛角岩绝壁上的小路走到石椅村,身手敏捷的年轻人也得四十多分钟。这一条令祖祖辈辈伤心的路,扼住了石椅村人命运的咽喉,给石椅村人留下了太多痛苦的回忆。

徐文英嫁到石椅村的那天,下着小雨,母亲和媒人把她送到悬崖下,实在爬不上去了。母女俩只好分手,禁不住抱着哭了一场。迎亲的陈明发,接过徐文英背上的花被子等陪嫁物品,递给徐文英一根树棍,让她拄着树棍小心往上爬。不一会儿,那黄泥巴就沾满了鞋子和裤腿,徐文英连摔了几跤,母亲亲手缝制的一身新衣服也滚上了黄泥巴,好不容易才走到了新房——一座低矮的黄泥小屋前……

母成书是1975年嫁到石椅村的。丈夫王庆保是转业军人、村干部。婚后不久他们有了个胖儿子,一家人欢喜得不得了。然而不知是什么病在山村流传，村里连续夭折了几个娃娃。母成书的娃娃也连续几天高烧不止。那一天，王庆保在外面开会，母成书背着娃娃急匆匆赶路去医院——那悬崖上的小路实在难走，越急越走不快。到了半山腰，母成书听不到娃娃的呼吸声了，解下背带一看，娃娃已经没了呼吸。她对着大山号啕大哭，恨不得从悬崖上纵身跳下去……

说起这条"伤心路"，几乎每一个石椅村人都难以忘记——痛恨它，诅咒它，却又无法离开它。

早年，山上的李子熟了，又脆又甜，背上一大背篓，卖给县城的水果罐头厂，五分钱一斤。产果季节，早出晚归，一个来回要攀爬三四个小时，浑身上下汗水湿透，肩膀磨起血泡，一大背篓李子也卖不到几块钱。每张纸币，都浸透了血汗！

后来，城里的水果年年涨价，水果贩子就在山崖下的公路旁来收李子。说好了五毛钱一斤，吭哧吭哧背下山来，水果贩子压价了："三毛钱一斤，不想卖，算了。"看那水果贩子一脸蛮横，村民们只好忍气吞声，因为再过一会儿，他会把价钱压到两毛钱一斤。好吧，这一背篓李子就只好卖了。大秤一称，八十斤！在家中过秤是一百斤，怎么下了山就折了二十斤？水果贩子反问：去了皮（背篓的重量），不就是八十斤吗？多少次被砍价，被要秤，被羞辱，被气晕，还得把那一肚子火气硬压下来。水果贩子吃定了石椅村人：

李子不卖给我，你想卖给哪个？战战兢兢地从悬崖上把李子背下来，总不至于气鼓气胀地再把李子背回家吧？

又脆又甜又新鲜的李子，真是"伤心路"上的"伤心果"。

山下的农户娶媳妇了、盖小洋楼了，让石椅村人羡慕不已。

想盖新房吗？水泥、钢材和砖头，所有的材料都被挡在牛角岩下面。一块水泥砖，运到山脚下二毛五分钱，请人往山上背一块砖就要三毛钱的运费。那时，如果哪家买了几百块水泥砖，左邻右舍都眼红得不得了。

1986年，石椅村从邻村景家村接了一条机耕道到村里。然而，这条路从景家山那边转圈上到山顶，再从山顶盘旋往下，绕了十多公里地、二十多个弯才通到石椅村。谁家要修建房屋，请个拖拉机拉一车河砂，拉到村里就漏了一半，空车返程，还要安排几个壮汉跟在拖拉机后面，往山顶上推。

到了2000年，石椅村的枇杷大丰收，有一位退休干部来到陈华全家，买走了一棵树上的所有枇杷。他给村干部们提了个醒：你们别守着一座金山哭穷啊！

一年又一年，石椅村人对美好生活的憧憬，化作了山风中的云烟，不断幻灭，只因狰狞的牛角岩挡在那里。

陈爱军、陈华全都多次讲道：老书记邵再贵为什么坚持劈山开路，这绝不仅仅是他个人的意愿，更是全村人命运的选择。

云朵上的石椅村，实在太需要一条公路了。

村民们说：枇杷再好，运不出去，等于零圈圈！

陈华全带我走到一处岩腔旁，指着岩石上的一个个小圆洞说："没有见过吧？这就是吹'牛角号'的地方。"

原来，喀斯特地貌的大山常有溶洞。有的溶洞，开口虽小，里面却很大。我扯下笔记本外壳，陈华全将其卷成圆管，插进岩洞，口含"圆管"，腮帮子一鼓，吹了起来：

呜——呜——

低沉厚重的"牛角号"响起来了。

这是大山胸腔响起的号角声，远近山峦，隐隐传来回声：

呜——呜——

陈华全说："对于羌族人来说，只有天大的事情才吹牛角号，集合全山寨的男女老少。今天吹两声，表演给你看看，不敢使劲吹。吹大声了，远近村寨听见了，产生误会，就不好了。"

呜——呜——

二十二年前，"牛角号"在石椅村响起。

那是邵再贵吹响的。他代表村两委召开全体村民大会，展开了一幅劈山修路的宏图，组织起石椅村人，为永远结束贫困，拼死一战！

改变命运的力量最强大

> 著名社会学家、人类学家费孝通认为:"羌族是一个向外输血的民族,许多民族都流着羌族的血液。"
>
> 北川作为全国唯一的羌族自治县,地处龙门山断裂带,可谓多灾多难。但是,只要你深入北川走一遭,你就会感受到北川人独特的精神气质——那就是决不向命运低头的不屈不挠的奋斗精神。

邵再贵心知肚明,在悬崖绝壁上修一条路,有多难!

山体垂直高度两百多米,全是坚硬的石灰岩,要在上面开凿一条八百多米长的简易公路,这是多大的工程量?

只有一百多户人家、三百多人的村庄,即便是大人孩子齐上阵,也难以啃下这座石山。需要的炸药、工具、劳力、运输等方面的费用,毛算一下也得三十多万至四十万元,对于石椅村来说,这简直是天文数字。

悬崖之下是省级公路、邻村的农田民居,还有高压输电线、通信线路,只要飞石下山,就会出现险情。所以,只能小爆破，而且只能在傍晚开始爆破。爆破后的大量碎石如何运走，又是一大难题。

邵再贵向镇政府相关领导作了汇报。相关领导听罢，皱紧了眉头。

领导们首先考虑的是，人命关天！崖壁实在太陡峭了，施工人员又大多是毫无修路经验的村民，最担心出安全事故。第二，施工难度大，造价高，镇政府无力在资金上给予支持。第三，风险太大。炮声一响，飞石四散，谁知道它会砸向哪里！

领导们表扬了邵再贵要带领村民修路的干劲，但又婉言相劝："老邵啊，缓一缓，等一等。"

个别村民自嘲："修啥子路嘛，癞蛤蟆吃豇豆——悬吊吊的！"

更有村民担心："修这条路太危险了，要是弄出了人命，哪个敢担责任啊？"

上上下下均有阻力。时间越久，阻力越大。邵再贵决心突围。

他对陈华全说："从老书记何国发算起，到陈明贵、刘耀德、陈财业，老辈子们无论是种苔子茶、牵电线进村、解决吃水问题，还是种桐子李、种五星枇杷、办农家乐，每一任书记都做出了成绩。老百姓心头有一杆秤。我已年过半百,身为党支部书记,总得给石椅村做点好事情嘛。如果总想到困难、困难、困难,那就什么事情也干不成了。修路的事,管他三七二十一,把摊子铺开再说。花五年时间,像蚂蚁啃骨头那样,日日不停,月月不歇,总会把这条路硬啃下来。"

反复跑镇上,上级领导的态度从劝阻变成了默许,并许诺尽可能地给予经济上的支持;反复跟党员干部商量,做出了详细计划:靠自己投工投劳投资,在确保安全的前提下,用五年时间把这条路修好。初步预算,村里一个人全年要投三十个义务工,每人还需要投入两百元资金。邵再贵先动员家人和邵姓本家人全部参与,再要求党员干部带头。邵再贵第一个把现金交出来,并说道:"我今天说句狠话,不把路修通,我邵再贵死不瞑目!"

村民们被感动了,觉得邵书记赤胆忠心,完全是为了石椅村在拼命。他们纷纷投工投劳投资,短时间内,单是一个村民小组就集资一万五千多元。

筹集到第一笔资金之后,2001年11月14日,大岩路一期工程顺利开工。

一大早,石椅村的大人孩子就爬到悬崖顶上,来到放第一炮的地点。

虽说这天天气不错,太阳却被一片浓云遮住。深秋的风吹得山草发出嚓嚓嚓的颤抖之声。时辰到了，几大盘鞭炮一齐点燃，声声清脆，惊飞了一大群山雀子。

邵再贵伸直双手，把一条鲜艳的羌红高高举起，大步走向前，将羌红庄重地挂在一棵树的树枝上。

在羌族人民看来，羌红是炎帝的血脉，还象征着温暖的太阳。

此时，邵再贵献上羌红，也表达了这样的决心：石椅村人敢于流血流汗，甚至准备舍命一搏，不打通大岩路誓不罢休！

不知什么时候，浓云散去，太阳露出了笑脸。

打通牛角岩的"大会战"拉开了大幕，几乎是全村男女老幼齐上阵了。那阵势，让邵再贵乐在心里。大半年的动员、奔走、协调、商议，终于有了结果。他不停地招呼大家："要放炮了，要放炮了……"让大家退到安全区域。

轰隆！第一声炮响，震动了群山……

一开始，大家一哄而上，作业面太小，几十个人挤在峭壁上，还容易出事。邵再贵听取了众人的建议，立即做了调整，将工程分为三个工段，每个工段均设有指挥员、计工员和施工安全员。陈华全在矿山干过，他建议：把钻炮眼、装炸药、点炮、砌堡坎等技术活分配给技术工来干；需要清理转运土石方时，再调集更多的劳动力上阵。这样一调整，窝工现象立即减少，施工效率明显提高。

最危险的活儿是在崖壁上钻炮眼，这需要两个人的配合。两人先把绳索的一端固定到崖壁上，另一端拴在自己身上，然后慢慢溜下去，下到钻炮眼的地方，再一人握住钢钎，另一人挥动大锤或二锤，一锤一锤地把炮眼凿出来。这个活儿，不仅危险，还很难操作。后来，就购置了烧油的手钻；再后来，崩下来的石头拉到水泥厂卖了一笔钱，就买了一台空压机，钻炮眼的效率就提高了很多。

开凿大岩路时，由于山高坡陡，缺少机械，只能靠人力。图为石椅村村民腰系绳索悬在半山腰钻炮眼（摄于2001年）

每次钻炮眼时，邵再贵总是千叮咛万嘱咐：一定要检查绳索质量，看看绳索固定好没有、拴好没有，不能有任何闪失！

在邵再贵的"婆婆嘴"不厌其烦地唠叨下，两年多来，陈华全和邵朝富两个主力炮手打了上千个炮眼，填装了三十吨炸药，没有出一点纰漏。而恰恰是邵再贵出了事。那天，邵再贵等人一起用力搬走一块竖着的大石头时，大石头先是前倾，接着突然后翻过来，压住了邵再贵的左手，如果再偏一点，就会直接压断他一条胳膊。

随着一声"哎哟"，邵再贵的三根指骨断了！

这是整个施工过程中最大的事故。

邵再贵被紧急送往医院。

"你们晓不晓得，邵书记受伤了？"石椅村的父老乡亲说起这事，个个心痛极了。

工地上，大家在议论："十指痛连心。邵书记这一回遭罪了。"

没有想到，三天之后，黄昏之时，有人站在牛角岩顶上，看到了邵再贵！

他左手吊着纱布绷带，由秦德翠陪着，急步向工地走来。安全员吹响了哨子，摇着小红旗，让他们在远处等等："要放炮了！"

轰隆！轰隆！轰隆！

晚霞中，邵再贵像一名经验丰富的老兵，感觉这炮声就是总攻的前奏曲。

轰隆！轰隆！轰隆！

让炮声化作雷鸣，把"有女莫嫁石椅山"的民谣，连同贫困山村受到的所有屈辱，送进历史博物馆去吧！

轰隆！轰隆！轰隆！

这是石椅村迈向新征程的礼炮之声。

世界上，什么力量最强大？决心改变自己命运的力量最强大。

为民办好事，总会得到支持

> 凉山的一位彝族作家曾说：扶贫是否成功，完全取决于接受帮扶的人们有没有内生动力，如果没有内生动力，没有改变命运的诉求与行动，是扶不起来的。
>
> 石椅村人的内生动力是强大的。祖祖辈辈就生活在贫瘠的大山上，从吃玉米糊糊，到吃上"金裹银"，再到吃上白米干饭，全靠自己勤扒苦做。求人不如求己，只有立足于自己努力，争取到的外援才能发挥最大的作用。

在大岩路干得热火朝天之时，北川县的县长来了。他握着邵再贵长满厚茧巴而且受伤的大手时，深为感动。

他看到大块大块的岩壁被削去了，村民们硬是从坚硬的石灰岩山体上辟出了公路的雏形。一个个面目黧黑的汉子，目光炯炯，训练有素，指挥着一辆辆拖拉机，调整位置，装载从峭壁上崩下来的一堆又一堆石头。

邵再贵说："我晓得，县上、镇上的领导，最怕我们出事故，于是我们先在下面修一个平台，再去钻眼放炮，崩下来的石头基本落在平台上，避免了对周边高压线、农田和民房造成损害。山上崩下来的石头，经检测，是很好的制造水泥的原料。我们就跟擂鼓镇的水泥厂取得联系，全都卖给他们，这样也降低了修路的成本。"

县长边走边看，来到了临时工棚，看到工棚里贴着《安全生产注意事项》。

"我们一直强调——安全第一！"邵再贵有些不好意思地说，"除了我这只手受了点伤，我们没有出过其他安全事故。"

县长坐下来，为了让邵再贵放松情绪，他笑吟吟地说："听说，你有一段时间恼火得很——资金链断了，工地要停工了，家里头又跳出来个'反对派'。那时候，你硬是内外交困啊。"

邵再贵暗暗吃惊："县长，你咋个啥子事都晓得啊？"

原来，一开工，钱哗哗哗地往外流：空压机烧油要花钱；雷管和炸药要花钱；河砂水泥要花钱；钻眼放炮干的是卖命活路，最低工钱也得给呀！

邵再贵东奔西走，四处筹措资金，却又四处碰壁。他悄悄地把自家准备买砖瓦修房子的一千元钱也垫了进去。老妻秦德翠终于忍无可忍，跳起脚骂："邵冉贵，这条路又不是我们邵家屋头一家人的路,为什么你要一个人去填坑坑!"

经邵再贵一再解释,秦德翠息怒了:"我晓得,你这个芝麻官,难当!"

一波未平,一波又起。一天,秦德翠到工地去送东西,看到儿子吊在悬崖上钻炮眼,吓得心脏咚咚咚地急跳。好危险啊!而邵再贵想的是,请别的专业师傅,钻眼放炮要立付现钱,自己的儿子干这个活儿,工钱嘛,能拖就拖,好说好说。

秦德翠哇的一声哭起来:"邵再贵,你要搞清楚,我们就这一个儿子,他要有个三长两短,我跟你拼命!"

还是邵朝富出来给父亲打圆场:"妈,你莫说得那么吓人。爸现在正是最恼火的时候,你就不要给他施加压力了……"

熬过了最困难的日子,邵再贵终于被上上下下、里里外外的人理解了。镇上很快给他们调配了炸药,在财政十分困难的情况下,还给他们筹措了三千元资金救急;信用社也破例给石椅村贷了两万元款;县扶贫局将石椅村提前纳入新农村扶贫计划,解决了二万元的水泥、炸药款;省人事厅的领导来到石椅村调研,看到悬崖上热火朝天修路的场景,回去之后立即发动机关干部职工捐款,并将三万元捐款送到了石椅村……

说来也是太巧了!县长正在石椅村调研时,爆破中有一块石头飞下了山,把山下公路旁的排水沟砸坏了一处。县交通局办事员接到报案后，着急忙慌地通知石椅村：立即停止爆破，立即派人下山来抢修水沟，立即来局里接受罚款。

邵再贵啊邵再贵，你不是一再强调"安全第一"吗？你不是说从来没有飞石的事情发生吗？你这不是在县长面前当场打自己的脸吗？

邵再贵汗如雨下，满脸皱纹挤成了一个"苦"字，急得下巴直打哆嗦，过了好一阵儿才结结巴巴地对县长说："对不起啊，我们千小心万小心，还是出事了！"

这时，电话又响起来了。邵再贵握电话的手都在抖，是交通局办事员打来的电话。

这时，县长把电话要过去说："喂，我是县长。"

对方先是一愣，接着说话就有点语无伦次了："哦，哦，县长，县长。"

县长说："石椅村的这点儿事，请你们局长来——直接找我解决。"

"请你们局长来——直接找我解决。"邵再贵听得再明白不过了。

挂掉电话，县长拍拍邵再贵的肩膀说："干得真不错，县里支持你们！"

邵再贵送别县长时，眼圈红了，热辣辣的泪水一直在眼眶中打转。

为邵再贵唱一曲《焦裕禄是俺们的知心人》

她,就像石椅山上的一坨泥土,平凡得不能再平凡。

谈到邵再贵书记时,有人说:"邵书记的老伴儿叫秦德翠,人还在,有点二疯二疯的,经常边走边哼歌曲,又不晓得她唱了些啥子。"

其实,我在石椅村采访的第一个人就是秦德翠。我觉得,在石椅村最大的收获之一,就是听她唱《焦裕禄是俺们的知心人》。每一次听她唱《焦裕禄是俺们的知心人》,我都感觉到——邵再贵还活着。

初识秦德翠,她正在石椅羌寨旁的那一段陡坡上扫马路。

她圆脸微胖,面容和善。花白的头发在后脑绾个髻,显得很精干。每天天不亮,她就开始扫马路。从山坡下,一步步往上扫。城里的游客很多人打空手往上走都会气喘吁吁,而七十多岁的她,一边清扫,一边还哼着小曲儿。她说,已经扫了十几年,不管工资待遇如何,几公里长的马路,一定要扫得干干净净。

2003年底，牛角岩上的大岩路初步修通，比计划完成的时间提前了两年。2004年初夏，石椅村满山的黄金果——枇杷熟了，沉甸甸地挂满枝头。水果贩子争相把车开到树下，收购鲜果。果农们大大节省了劳力，还节省了包装和运输等开支，在家门口大把数钱，确实太爽了！男女老少乐开怀，脸上绽开了灿烂的笑容……

道路初通，基本上是机耕道，下雨天满是泥泞。那黏性极强的黄泥巴，粘在鞋上、裤腿上就难以打整。如果要发展乡村经济，这条路就必须提档升级。

当时，北川县联系上了绵阳的长虹集团。长虹集团的领导听说石椅村人在悬崖上辟出了大岩路，大为感动，决定赠送水泥，把村里的公路全部硬化。

那年冬天相当冷，路基上铺好水泥之后，需要用塑料薄膜遮盖，进行养护。入夜之后，风搅大雪，寒气袭人。睡梦中，秦德翠感觉有点不对劲，睁眼一看，邵再贵披衣出门了。秦德翠连忙穿上大衣，打着手电筒跟了上去。只见邵再贵顶着风雪，仔细地检查着水泥路，还把风吹开的塑料薄膜一张一张盖严实了。秦德翠来得正是时候，手电筒的光照到哪里，邵再贵就检查到哪里。夫妻俩没说一句话，却配合得十分默契。一路走过，两人把两百多米长的一段水泥新路盖得严严实实。

回家路上，邵再贵已经是白眉毛白胡子的白发老头儿，秦德翠也成了"白毛女"。夫妻俩相视一笑，互相"嘲讽"道："你看你那个丑样子！"说完两人便哈哈大笑起来。关于这句玩笑话，还有一个小故事呢。

因为村党支部总是在邵再贵家开会，秦德翠经常给党员干部端茶倒水，久而久之，她就把邵再贵的讲话，也就是对共产党员的要求，一二三四，条条款款，全都背下来了。有一天，秦德翠突然问："你们几个支部委员，我问下你们，我能不能入党？"

几个支部委员说："好啊，好啊，老嫂子要求入党，欢迎，欢迎。"

邵再贵却冷冰冰地说："你看你那个丑样子，还想入党？"

秦德翠立即反击："你看你那个丑样子，还当支部书记呢！"

众人大笑。

秦德翠急得面红耳赤，解释说："我不是开玩笑，我是当真的！"

邵再贵对秦德翠的入党要求"不屑一顾"，这让秦德翠感到很委屈。这之后，两人也经常用这句话来与对方打趣，久而久之，这句话便成为夫妻二人常用的玩笑话了。

邵再贵遇难之后，村上领导班子换了两茬，更没人知道秦德翠的心思了。直到2023年4月初，秦德翠接受采访时，才说出心中的秘密："我要好好扫马路，总有一天，够格入党了，我心头就踏实了。"

如今，除了扫马路，秦德翠几乎天天都要穿过石椅羌寨的文化广场，去自家的果园干活儿，有时背着背篼带着剪刀去修枝，有时提着撮箕拿着锄头去锄草，最轻松的活儿就是带着游客们去自己地里采新茶，摘鱼腥草、清明菜等。

有的客人呼吸着清新的空气，体验着诗意的田园生活，禁不住要大吼两声，唱上几句，逗得大家哈哈大笑。也有客人邀请秦德翠唱歌，她就大大方方地唱一首山歌。她的嗓音清亮，歌声高亢，有着十足的羌寨风味，赢得游客阵阵掌声。有时来了兴致，她就给客人唱由她编词编曲的《石椅是个好地方》：

> 羌山顶上出太阳，
> 石椅是个好地方。
> 我们在果园把歌唱，
> 回到寨子跳沙朗。
> …………

接受采访时，她说：

"我没上过学，没得文化，写不来字，就喜欢编歌、唱歌。'大跃进'开始那年，我才六岁。当时每个大队都成立了歌舞队，我就跟到大人屁股后头，他们演到哪个队，我就跟到哪个队。一首新歌，跟着跟着就哼会了。

"修大岩路时，邵再贵也写了一首诗：'眼看风洞岩，我们修路来。下定决心了，要把路修好。村民鼓干劲，路到石椅村。购买水果人，来客请进门。'邵再贵觉得自己的诗写得好，我哄他说，写得好，写得好。他很高兴，打了个哈哈，就变了脸：'你是故意说好，哄我高兴！'后来，在工地上，他把诗念给大家听，大家听了都拍巴巴掌，他回来就对我说：'你看你看，都说好，你未必不服气？'"

一天上午，我在村子里采访，又遇上秦德翠。她背着一背篼柴火，在石梯坎上坐下歇气。我问她："你今天又唱歌了吗？"她说："昨天晚上梦到邵再贵，醒来心头难过，不想唱。"过了一会儿，她又说："我年轻的时候，编过很悲伤的歌。那时候，石椅村荒凉得很，没得几个人。邵再贵当干部，一天到黑忙着学大寨的事，经常不落屋。我害怕得很，就编了一首歌。"

我立刻掏出笔记本，记下她自编的歌：

我家住在老山林，

孤孤单单一个人。

白天听见狼叫唤，

夜晚听见风打门。

……

我说："你这两首歌一对比，可以让人们更好地了解到石椅村的巨大变化。"

她说："如今，石椅村的确越来越好。生活越好，我越想念老头子。他瞧不起我，嘲讽我，我也不得怄气。老夫老妻嘛，吵过，骂过，过了就对了。我了解他，他是个好干部，心头想的都是如何让我们石椅村人过上好日子。现在我天天扫马路，可以天天跟老头子说说话。这是我喜欢做的事。"

我问："大地震之后，有人说你疯了，天天唱一首歌，你唱的是啥子歌呢？"

她说："我唱的是《焦裕禄是俺们的知心人》。这首歌我是唱一遍哭一场，哭一场又唱一遍。邵再贵就是学的焦裕禄，他也最爱听我唱《焦裕禄是俺们的知心人》……"

于是，秦德翠将这首半个多世纪前传唱的老歌一字不差地唱了一遍：

数九那个寒天北风紧,

焦裕禄同志冒雪出了门。

挨家挨户来探望,

风里雪里查灾情。

你为俺挨冻又受冷啊,

你心里时刻装着俺们兰考人民。

焦裕禄呀好同志,

你真是俺们的知心人哪。

…………

羌红，鲜艳而纯洁

> 灾后重建，是历史的使命，也是严峻的考验。临危受命担任村支书的王庆保，对石椅村需要做什么、不能做什么有着清醒的认识。
>
> 在他的任上，石椅村打造了标志性的景点——石椅羌寨。
>
> 云朵上的石椅村，不仅是花果之乡，更是羌笛、羌绣、羌族歌舞等非物质文化遗产的重要传承之地。
>
> 石椅村，因文化而变得厚重。

王庆保回忆说："'5·12'那天，吃过午饭，邵再贵喊我跟他一起去县林业局办事，我没去。这好像是天意，让我留下来。"

当时，王庆保正在给他家种植的猕猴桃搭架子。突然地动山摇，他连忙抱住身边的一棵大树，可仍然站不稳，身体止不住地摇晃起来。哗的一声，地上爆开了一条大裂缝，像有一条巨蟒闪电般穿过，吓得他双腿打战。远近房屋，发出瓦碎墙倒的轰隆声。他立刻意识到，发生大地震了！

王庆保在家中排行老五,他弟弟一家三口,他二哥家的一儿两女均不幸遇难。

突然失去了六位亲人,王庆保啊,不是不许你哭,是没得时间让你去哭!

石椅村的党支部书记邵再贵遇难了,一组组长陈福业、二组组长王进友都遇难了,三组组长陈继述护理受伤的儿子去了绵阳。关键时刻,村主任兼会计王庆保顶了上去,被推选为党支部书记。

救人,救人!北川中学在呼喊。王庆保带上十五个身强体壮的年轻人,其中有陈爱军、陈华全等,直奔北川中学。他们一个个满身灰土,一双双手抠出血来,都不知道疼痛,也不知道疲倦,在废墟里翻找、寻觅,跟死神争夺生命。

接着,调查本村灾情,排查遇难和失踪人员,安排临时住地,急送伤病员……大事小事,千头万绪,到处都在喊:"找王庆保书记!"

灾后重建紧锣密鼓地开始了。王庆保上山下山,爬坡下坎,挨家挨户征求意见,脚板跑得翻天,天天忙得飞起。山东援建单位的设计师们夜以继日,根据每家每户的实际情况,拿出了几种房舍设计图纸。在统建还是各自独建两套方案中,全村村民一致选择独建。陈爱军特别赞同独建,他说,只有独建才能体现风格差异,才好给兴办农家乐预留出发展的空间。

王庆保感觉，陈爱军在地震后"焕然一新"，不仅热心帮助乡亲，还不断给村委会出点子、提建议。

王庆保清楚地意识到，灾后重建是石椅村脱胎换骨、快速发展的非常难得的重要机遇。

地震前，村里的农家乐只有几家，而且规模小，没有什么特色。有个"机缘巧合"，首先触动了陈华全。

自灾后重建开始，到老县城地震遗址祭奠和参观的人络绎不绝，塞车非常严重。许多车辆无处停放，只好挤在路边，造成更严重的拥堵。不少人祭奠和参观之后又渴又饿，却找不到餐饮和歇口气的地方。此时，石椅村农家乐的主人们，就到老县城附近去招徕游客，邀请游客到石椅村去停车喝水吃饭。结果是"热脸贴了冷屁股"，游客反应冷漠。这个摇头："石椅村？在哪里啊？没听说过。"那个在说："哪个晓得，石椅村——是啥子地方啊？"

王庆保、陈华全并不气馁，召集大家分析原因，大家一致认为：石椅村没有标志性建筑，没有拳头产品，没有规模效应，单打独斗实力太弱。找到了原因就要对症下药——流转土地，采取入股分红的方式打造村里的文化旅游品牌。

于是，村里修建了集餐饮住宿、休闲康养、文化娱乐为一体且具有羌族风格的建筑——石椅羌寨。

村干部们先说服了十家农户,把国家给每户五万元的贴息贷款整合起来,一共五十万元,以此作为启动资金。2009年2月,石椅羌寨在鞭炮声中破土动工。

有了标志性建筑,石椅村要发展旅游,还必须打好羌文化这张牌。王庆保和其他村干部不谋而合,想到了母广元。母广元研究羌文化几十年,是北川公认的羌文化传承人。村上曾先后五次邀请母广元来石椅村"传经送宝",却因种种原因而未能成行。现在,石椅羌寨即将建成,没有母广元这样的大师,怎么镇得住堂子?

得知母广元在青片乡五龙寨讲授羌文化,陈华全策划了"快速奔袭"的"抢人"计划。见到母广元,陈华全先是很有礼貌地问候,接下来是一番求贤若渴的表白,母广元还没有回过神来,随着陈华全的一声"请——",几个牛高马大的小伙子便一齐动手,把母广元硬抬上了车,直接拉到石椅羌寨工地上。

母广元被石椅村人重建家园的热情和高度重视文化传承的举措深深感动,他表示愿意留下来,这让全村干部群众大喜过望。

母广元果然不负众望,一边按计划招收四十多名青年员工开展唱羌歌、跳羌舞的系统培训,一边加紧研究,在已有素材的基础上整理了几十个与羌族文化有关的故事传说,还编写了数十首羌歌供大家学习传唱。他还规范了独具特色的迎宾仪式，使客人一踏进石椅羌寨就能感受到隆重和热情、浪漫和温馨。

灾后重建，石椅村有了新景点——石椅羌寨气势磅礴地矗立在村口，九十九级宽大石阶，十分气派地铺向云端。石阶两旁，"羌"字旗迎风招展，把整个羌寨映衬得生机盎然。

如今，从村支书任上退下来的王庆保，远离热闹场合，住在二组的高坡之上。

王庆保的家是一栋两层高的楼房，位于石椅村二组。夫妇俩不仅种有苦子茶、枇杷、土术等，家里还养了鸡喂了猪。因为丰收时节，王庆保家二楼柱满了玉米棒了（摄于2023年）

王庆保夫妇育有一儿一女，大女儿早已在成都安家，小儿子王川如今在北川开班车。

"5·12"大地震发生后，王川和岳父一起，冒险从废墟中救出了一个读初二的姓李的小姑娘，后来这个姑娘考上了攀枝花一所大学，如今在成都工作。她很感恩，逢年过节都会来看望王川岳父一家。

王庆保说到那个小李姑娘的故事，很有感慨：人要是做了好事，一想起心头就是暖烘烘的；要是做了亏心事，一想起心头肯定是凉飕飕的。

现在，王庆保夫妇打理着七八亩枇杷树（有些还未挂果），每年收入一万多元，还有三四亩苔子茶，每年收入三四千元。老房子楼下散养着一大群土鸡，山上果园里还喂着一栏肥猪——这些都是重要的经济来源。加上他的退休金和退伍金，日子过得相当舒展。

谈到灾后重建时，王庆保讲了一件事：

"灾后重建有大批项目，要管理好项目资金和工程进度，是非常严峻的考验。比如有一个修复公路的项目，国家有一笔几百万元的投资，当时镇上建议我们村立刻组建一家公司，把这个项目拿下来。

"一开始，我听到有好几百万元的资金投入，兴奋得很。要是能拿下来，对小小的石椅村来说，有不少的赚头。

同时，我们村可以组建公司，通过修路取得经验，再承包更多的项目，越赚越多。真是越想越安逸，村干部们都很高兴，就像找到了一条发财的近路。

"但是，一说到具体咋个做，大家就冷静下来了。当时，我家的房子正好要重建，于是我找了个施工队来，不料是个歪的（指不靠谱的），修到一半，房子就垮了。就像是老天爷在提醒我——'隔行不求财'。自己修个简单的房子都搞不醒豁（指弄不明白），还想修一条国家投资的重要公路？

"我才想到，我们村没得搞公路施工的人才，更没得一个懂施工管理的人才。有太多我们都不熟悉而且无法掌控的因素，这让我们心头空落落的，没得底。

"那些日子，我真伤脑筋。村两委反复商讨，最后决定不去碰我们不熟悉的项目，一心把村上的建设搞好。

"后来听说，有人在灾后重建中没有守住底线，犯了错误。当时心里真的很后怕，要是接了项目出了问题，耽误了自己不说，我们石椅村的发展肯定也会大受影响。"

最后，王庆保深有感慨地说："现在想起来，有的事情，不干，比干了更好！集中力量干适合自己的事，更能稳扎稳打。"

从王庆保家出来，走在石椅村的路上，我感觉那飘舞的羌红，是鲜艳的，也是纯洁的！

陈爱军当上了村支书

2008年5月13日下午,浙江绍兴的一位老党员祁友富将十万元爱心捐款交给柯桥区柯岩街道党工委,请求尽快转交给灾区的群众,用于抗震救灾。

祁友富,一个俭朴而平凡的人,用实际行动书写了一个普通中国共产党党员对人民群众的深情大爱。他未曾想到,他的行动会影响到遥远的四川北川一位农村青年的人生轨迹。

"5·12"大地震,改变了陈爱军。

身强体壮的陈爱军,全身心投入抗震救灾之中。接送伤员,搭建板房,发放救灾物资,安抚孤寡老人……他骑摩托车,开小货车,日夜连轴转,跑个不停。

满眼是废墟、废墟、废墟,满耳是哭号、哭号、哭号。闭上眼睛,脑海中浮现的尽是那些埋在县城里的兄弟伙的遗容。睡梦中,常被余震的警报和可怕的噩梦惊醒。不敢轻易问亲戚朋友"你家怎么样",无意间,就会戳中还在淌血的心。

这样的日子，真难熬啊！

艰难时刻，总有鼓舞人心的声音传来：

"任何困难都难不倒英雄的中国人民！"

"英雄的中国人民是不可战胜的！"

"下定决心，要再造一个新北川！"

全国人民都在支援灾区，浩浩荡荡的建设大军奔赴北川，让地震棚里的北川人看到了希望。

抗震救灾以来，陈爱军成了没有名分的"村干部"，甚至一些需要签字的手续，都由他来办。一次又一次，陈爱军听到了群众的表扬："有你们共产党员带头，我们群众还有啥子说的呢，一定跟上。""你这样的共产党员，真值得我们学习！"每当听到这些话，他就感到非常尴尬，又不好意思解释自己不是共产党员。

又一笔救灾款发给了每一位受灾群众。这笔钱是全国的共产党员捐献的"特殊党费"。陈爱军的内心再次被触动，只有妻子车春华明白他的心思。

这是一个崇拜英雄的男子汉。在灾情惨烈、群众呼救的时刻，他绝不会坐视旁观。他默默地做了许多事，还渴望做更多的事、更大的事。

地震棚里，夫妻夜话，妻子仿佛早已看透人生："思来想去，不管是外出打工挣钱，还是在家里挣钱，都是挣钱。

可是，外面打工挣的钱，花完了就完了；在家里挣的钱花完了，农家乐还在嘛，枇杷树还在嘛，还可以继续用来挣嘛。我的意思是，只要把家乡建设好，比外出打工要强很多。至少嘛，我们留给娃娃的，有好房子、好果树、好环境……"

这真是说到陈爱军心上了。结婚那天，送亲队伍的突然撤漂（指撤退、走人），给他留下了难忘的记忆。这事怪谁？只怪家乡太穷了。

他想：生者坚强，趁着灾后重建，石椅村必须抓住机会，迅速脱贫致富，奔向小康之路。

但是，个人的力量实在有限。救灾的日日夜夜，陈爱军已经体会到了，个人的力量只有汇入集体、汇入亿万人投身的伟大事业，才会变成强大的、战无不胜的力量。

陈爱军悄悄对妻子说："告诉你一个秘密：我要争取入党！"

妻子说："这算啥子秘密哦，我早就晓得了。"

陈爱军睁大眼睛："你早晓得了？"

妻子说："你不是天天在村上领任务，跑得脚板都翻天了吗？还有，收到'特殊党费'的时候，你眼圈都红了，我就晓得，你想入党了。"

陈爱军说："啥子事都瞒不过你哦！"

陈爱军向老书记何国发和时任书记王庆保提出"申请入

党",得到他们的热情支持:"好得很,好得很!"

递交了入党申请书之后,急性子的陈爱军三天两头就问:"你们好久讨论嘛?"

2010年,是灾后重建进入高潮的关键时刻,家家盖新楼,到处是工地,在忙得不可开交之时,陈爱军成为一名中共预备党员。

就在那一年,他成为石椅水果专业合作社负责人,一大任务就是卖枇杷。果商们纷纷传递信息:石椅村成立了水果专业合作社,出了个狠角色叫陈爱军,把全村的销售价统管起来,不准擅自涨价或降价,跟他打交道,得小心点!

重庆老板"李水果"偏不信陈爱军有多厉害,于是在擂鼓镇摆了酒席,请陈爱军赴宴。不料,酒杯一端,陈爱军根本不谈石椅村的枇杷如何定价,他想谈的是重庆市场如何辐射川东,而北川有石椅村作为根据地,可以组织更多货源。一句话,他说的中心话题突出了一个"大"字,今后大家共同携手,"大"销售需要"大"生产基地支撑,生意做大了,大家都得好处。

那一年,陈爱军将石椅村的一百万斤枇杷卖得一颗不剩,全村老小,皆大欢喜。

一直关注村上党支部建设的老书记何国发,建议大胆起用陈爱军担任第七任党支部书记。有人反对,说陈爱军性格毛躁。何国发接话:"我们石椅村,村民住得分散,交流不易,七拱八翘,各有心思的人不少,来一个'婆婆妈妈'的书记,镇不住,就得要陈爱军这样的脾气才管得下来!再说,村上的一把手,面对群众和上级,要说得清楚、讲得明白。应对市场,要是脑壳木、嘴巴笨,就只有吃亏的份儿。"

何国发后来接受采访时,还特别说道:"选陈爱军当党支部书记,也是看中了他背后那个聪明能干又正派的女人。村里都晓得,在'陈家大院',陈爱军主外,车春华主内。车春华一天到晚乐呵呵地忙,把一个农家乐办得风生水起,回头客不断。就连曾经很挑剔的公婆,现在也逢人就夸儿媳妇孝顺又勤快,真是难得的好女子。"

何国发还说:"我们山里人有句老话,叫'国富靠宰相,家富靠婆娘',陈爱军当村支书,车春华不仅是他的好参谋,还是住在家里的'纪委书记',让我们放心。"

经过反复酝酿,陈爱军最终当选为石椅村党支部书记。他在全体党员大会上庄重表态:"我要把一生奉献给党的事业,好好生生为人民群众服务。"

俗话说:"新官上任三把火。"

第一把"火"——展宏图。

全国那么多个自然村,石椅村要创全国文明村、乡村旅游模范村，走在最前列——冲着这个目标，石椅村制定了《农旅休闲乡村振兴规划》《农文旅融合发展提升工作方案》。有了规划和方案，今年该发展什么，明年又该发展什么，就能重点明确，形成有序的发展。

陈爱军很自信地说："我们就是要走在全县、全市、全省、全国的前头。别人坐着的时候，我们已经站起来了；别人站起来的时候，我们已经开始行走了；别人行走的时候，我们已经在跑步前进了；别人跑步前进的时候，我们已经在搞产业升级和转型了。"

第二把"火"——健全组织机构。

除了水果专业合作社，随着乡村旅游的发展，石椅村还组建了旅游专业合作社，对村里的旅游行业实行统一服务、统一定价、统一宣传、统一培训。其中，最重要的行为规范是：各个民宿点，要相互推荐，充分协作，绝不允许宰客和任意提价的现象发生。这些措施让石椅村的旅游产业得到了快速、健康、持续的发展。

第二把"火"——进一步夯实各项基础建设。

石椅村缺水，经历过通宵排队挑水、修水池、打水井蓄水，安水管引水等几个阶段。在水源的问题终于得到解决之后，村上对用水进行了有效管理，以水养水，实现了水资源的合理利用和良性循环。

此外，为了方便旅游参观，各家庭果园修建了观光便道；为了大规模发展无公害农产品，村里创建注册了"羌山绿宝"品牌；为了加大羌文化的传承力度，村里不仅培育了羌笛传承人、手工制茶传承人等，还组建了羌族文化表演队。这些都为石椅村乡村旅游发展再上新台阶打下了基础。

　　这几年，石椅村越来越火，获得的荣誉也越来越多，有"全国文明村""中国乡村旅游模范村"等国家级荣誉九项，有"四川省天府旅游名村""四川省实施乡村振兴战略

石椅村每年通过举办采茶节、枇杷节、年猪节、瓦尔俄足节（汉语俗称"歌仙节""领歌节"）以及过羌年等民俗节庆或文化活动，吸引了大量游客前来观光体验。图为石椅村举办的民俗文化活动现场（摄于2023年）

工作示范村"等省级荣誉十九项，还有市级荣誉十项。

2019年，随着石椅村的发展，大岩路又一次扩建，牛角岩再次被削下很大一块。2003年，第五任村支书邵再贵带领村民在悬崖上凿出了一条机耕道。之后，第六任村支书王庆保和第七任村支书陈爱军，不断把路拓宽，让机耕道变成了水泥路，水泥路又升级成了柏油路。如今，崭新的路面已经拓宽到了七米左右。路旁悬崖下，就是那条"伤心路"。当年，六十多人的送亲队伍，沿着小路往上攀爬，把新娘子车春华送上山来的时候，一个个气喘吁吁的样子和难以言状的表情，让陈爱军记忆犹新……

在新扩建的柏油路上，当第一辆大巴车开上山时，陈爱军激动得眼圈泛红，差点掉眼泪。

皂角树下的坝坝会

石椅村村委会坐落在盘山公路旁的一块平坝上。平坝中央有一棵树龄超百年的老皂角树，一到晴天，老皂角树就如同一把撑开的巨伞，投下一大片绿荫。这些年来，皂角树下自然而然就成为村民代表和村两委交流、议事的场所。村民们称之为"皂福议事"。

近年来，石椅村流传着这样的顺口溜：

新时代，新风尚，
文明新村好榜样；
石椅人，讲文明，
移风易俗传佳音；
红白事，要简办，
勤俭持家当模范；
备酒席，讲究多，
不搞攀比大吃喝。
…………

来石椅村采访的记者们发现,村委会前的皂角树下,是个很有意思的地方。平时,村里的老人们爱在树下坐一坐,摆摆龙门阵,孩子们喜欢在树下的坝子上玩耍嬉戏,乡亲们到村上办点什么事情也都会转到这里来。皂角树下俨然成了村民的活动中心。于是村委会顺势而为,把每月的20日定为石椅村"文明活动日",召开村民议事会、道德评议会、红白理事会、禁赌禁毒会,商议村寨日常事务等。村民代表和村干部们坐在一起,各抒己见,说的都是掏心掏肺的真话。不管是尖锐的还是平实的,不管是火辣的还是啰唆的,村干部们都会认真聆听和记录,然后讨论,有时还会争辩,最后形成相对统一的意见。记者们盛赞这样的"皂福议事":"议出了和谐,议出了文明。"

听一听,皂角树下议了些什么:

"垃圾分类的事,不好整啊。城里人都还没有搞好的事,我们要求一步到位,是不是操之过急?"

"二组到三组的产业联结路好久开工建设呢?"

"都说要培训我们制作手工茶,老师好久来啊?"

"前天来村委会办事情,连值班的人都没得,有人说值班的人临时有急事出去了。建议村干部以后遇到这种情况,出门时留个字条,免得我们等冤枉。"

近年来，由于上山的游客激增，堵车现象越来越频繁。更大的矛盾是停车场不够用。游客们才不管那些，往往是在东家吃饭，却把车停在西家；西家的院坝停满了车，下一批游客见状，就不在西家吃饭，直接开车下了山。堵车与停车，成了石椅村发展乡村旅游的新矛盾，也成了"皂福议事"的新话题。有人建议，村上派人到外面去学习，看看外地是如何处理的；也有人建议，将大巴车停在山下，由村上出资，购买旅游观光车，让游客乘坐观光车上山……

这样的议事也表明，石椅村走在了乡村振兴的前头，遇到的问题也是超前的。

村民代表不仅会提出现实的问题，还会为村里的发展建言献策。就有村民代表给党支部书记陈爱军提建议：一年之内一定要办好两个节日——一个是重阳节，一个是妇女节。

陈爱军仔细一想，太有道理啦！

一定要把党的温暖送到村里老人心上，一定要让勤扒苦做、默默无闻的羌寨女人声名大振，从幕后走到台前！以前没有做好的事，必须弥补、修正、完善。

每年的重阳节，全村的老人都会被邀请到一起，开开心心地摆一摆龙门阵，吃一顿丰盛的坝坝宴。春节前，村上发慰问品时，村干部都会亲手将慰问品送到老人手上，让老人们感受到被敬重与被关爱。

妇女，是一个家庭的核心。如何让石椅村那些敬老爱幼、勤劳肯干的家庭主妇得到全体村民的认可，村干部和村民代表在皂角树下讨论过多次，终于拿出了一个切实可行的方案。

2023年春天，全村开展了"好婆婆""好儿媳""最美家庭""十星级文明户"荣誉评选活动。经过各组提名和综合评议，各项荣誉的得主纷纷确定。其中，秦德翠、夏家蓉、乔祥英被评为"好婆婆"。

秦德翠是老书记邵再贵的遗孀，她始终以丈夫为榜样，关心村上的大事，从不计较个人的得失。她长期清扫村里的道路，还帮助儿媳打理农家乐，并细心周到地照顾小孙女。邻里都说，这样的好婆婆，天下难找。

夏家蓉的儿子儿媳常年在外打工，为了让他们安心工作，她勤勤恳恳种植水果，将家中的事务打理得井井有条。乡亲们说，夏家蓉待儿媳胜似亲生女儿，一家人怎能不和谐嘛！

还有乔祥英，2017年，小儿子突患重疾，于是她主动承担起所有家务，并和小儿媳一起，精心护理小儿子，让他一步步战胜病魔，恢复健康。

而"好儿媳"的评选就有点困难了，因为被左邻右舍夸为好儿媳的家庭主妇在石椅村比比皆是。经过综合评定，

2023年选出了陈继春和唐燕两位"好儿媳"。还有"最美家庭"的主妇岑敏、母蓉、朱英,"十星级文明户"的主妇车春华、陈艳、黄彦,她们都达到了"好儿媳"的标准。加上三个"好婆婆",十一位不同年龄的妇女成为村里推荐学习的好榜样。

年轻的陈继春,自结婚以来对公婆一直很孝顺。2021年,婆婆在干活儿时不小心摔伤了,她悉心照料婆婆的生活起居,尽心尽力,毫无怨言,赢得了左邻右舍的交口称赞:"真是个好儿媳!"

另一位"好儿媳"唐燕,看着带有几分柔弱,却想不到她竟是一位外柔内刚的女豪杰!2017年,因家庭变故,丈夫不幸去世,当时她才四十岁。家中的顶梁柱倒了,她擦干了眼泪,一边照顾行动不便的公婆和幼小的子女,一边投入生产经营,毅然挑起了家庭的千斤重担。她学会了骑摩托,后来又考取了驾照。经过辛勤努力,她家买了一辆小汽车,用来接送孩子,还方便将自家种植的水果、熏制的腊肉香肠运送至附近的场镇售卖。如今,唐燕的两个孩子大的考上了大学,小的在读中学,一家人的日子过得红红火火。村里人都议论说:"再忙再累再苦,看看人家唐燕吧,那没日没夜,一年三百六十五天不歇气的干劲,没人能比!"

2023年三八妇女节这天,石椅村召开了盛大的表彰会,表彰获得"好婆婆""好儿媳""最美家庭""十星级文明户"荣誉的个人和家庭。

从未戴过大红花、从未登过领奖台的她们,在听到台下全体村民的热烈掌声和欢呼声时,个个脸红心跳,激动不已。不久,她们的照片和事迹简介,就浓缩在一块块宣传板上。宣传板立在通往村委会的石阶旁,成为来往游客驻足观看的又一道"人文风景"。

六年的经历不寻常,谁知其中苦?唐燕手捧奖状,眼含热泪。薄薄的一张奖状,在她手中却变得无比沉重。奖品奖金虽有限,这张奖状却无价——它表明:唐燕,全村人都理解你、尊重你、关爱你!

办好重阳节和妇女节,也让陈爱军感觉到:表扬,也是乡村治理的一种"有力武器"。大张旗鼓表扬了艰苦奋斗的人,就间接批评了好吃懒做的人;大张旗鼓表扬了顾全大局、吃得了亏的人,就间接批评了斤斤计较、心胸狭隘的人;大张旗鼓表扬了"好婆婆""好儿媳",就会让更多家庭的婆媳关系更为和谐;大张旗鼓表扬了敢说敢管的村民,就会让畏首畏尾的村民增加胆量……

皂角树下的坝坝会,吸引了越来越多村民的关注。年轻的村干部张庆说:"在我们石椅村,社会主义核心价值观中的'民主''自由'不是空话。我们的'皂福议事'就充分

石椅村创新"皂福议事"形式,每月举行一次坝坝会,基层干部和村民代表围绕人居环境整治、基础设施建设、产业发展振兴、村民红白喜事等事项进行讨论。坝坝会旨在切实解决村民普遍关心关注的操心事、烦心事、揪心事,同时,持续引导村民遵德守礼、移风易俗、传承文明。图为"皂福议事"现场(摄于2024年)

体现了民主和自由。我们问过各组的民意代表,议定重大事项时需不需要扩充人员,是不是多来几个开会的就更民主了。代表们都说:民不民主,跟人多人少没得啥子关系。只要做出的决策,能让石椅村村民的日子越来越好过,那就是好的,这种形式就是值得提倡的。"

致富的种子,撒向希望的田野

绵阳市农业科学研究院(以下简称"绵阳农科院")的大楼前,矗立着我国著名小麦育种专家冯达仕的塑像。五层的大楼安静极了,所有的种子,包括致富的种子、奇迹的种子,都在实验室里悄悄生长。在采访了为石椅村进行农业技术指导的任茂琼、钟钼芝等专家之后,我深有感触:正是因为有千千万万个像冯达仕这样一生勤奋的"播种人",我们的农村才能真正成为"希望的田野"。

当晨风吹走云朵,阳光刚刚落在果树枝上,便有一阵脚步声惊飞了山雀。果园里有人喊:"绵阳农科院的专家来了!"

"专家来了!"

"快,走快点,去听听专家说些啥子。"

只要听说谁家果园里、菜园里来了专家,左邻右舍就会奔走相告,不一会儿,就有一大群人聚拢在专家身边,竖起耳朵听专家"传经送宝"。

十多年前，石椅村就与绵阳农科院签订了长期合作协议。根据村里的需求，绵阳农科院不定期派蔬菜、水果、食用菌等领域的专家来石椅村进行指导。

初见农科院的专家，村民们心生敬畏，心想人家是有大学问的城里人，不知该如何接待。没想到，专家们个个平易近人，随和得很，吃的是农家饭，说的是村民们都听得懂的家常话，解答的都是当地老把式搞不懂的问题。

村里有代表曾去浙江参观"一米菜园"，回来后都说好。于是村两委高度重视，经过反复研究，后由村委会牵头，邀请绵阳农科院果蔬研究所的专家牛义松来指导村里开辟"一米菜园"。就在"陈家大院"坡坎下面，牛义松指导村民辟出一片空地，经过整理，撒下优质菜种，不满百日，地里就是一片碧绿，各种蔬菜长势喜人。经过示范，"一米菜园"很快在石椅村推广开来。这两年，村里农家乐遇到临时来客食材准备不充分时，在自家的"一米菜园"里薅一把，就能炒出几大盘青油油香喷喷的时令蔬菜。还有常来农家乐玩耍的老客户，一眼就看上了"一米菜园"里的"放心蔬菜"，现场购买并要求长期供货。目前，石椅村已开辟近百块"一米菜园"，总面积达四亩，合二千六百多平方米，每年为村民增收近九万元。

为了充分提高土地利用率，绵阳农科院还派出相关专

"一米菜园"是一种新兴的农业种植模式,即利用自家房前屋后的闲散空地,打造一个个一米见方的小菜园。它能改善农村人居环境,增加农民收入,是美丽乡村建设乃至乡村振兴的重要补充。图为"陈家大院"开辟的"一米菜园"(摄于2023年)

家，帮助石椅村村民在枇杷林下的空地上种植大球盖菇。

石椅村村委会副主任陈继述说："为了指导我们种植大球盖菇，绵阳农科院的专家钟钜芝老师、黎倩老师脱下鞋子，换上胶靴，给我们示范如何开地挖沟、垒土分垄，还手把手教我们铺菌床、撒菌种、浇水，直到出菇。真是太细致了！"

经过精心培育，一场绵绵春雨过后，石椅村的一处枇杷林下，一朵朵一簇簇大球盖菇破土而出，酒红色的菌盖在雨后的一片新绿中格外显眼。

绵阳农科院食用菌研究所主任钟钜芝在接受电话采访时说："石椅村主要是坡地，可以充分利用林下空地。培育大球盖菇这种草腐菌所需要的玉米芯、木屑等，也可以就地取材。从气候上看，石椅村降水丰沛，昼夜温差大，平均气温比城区低两到三摄氏度，4月至5月的平均地温不超过二十摄氏度，很适合发展错季林下中低温食用菌种植。大球盖菇是由我们农科院引进的，生长势强，肉质厚实，产量稳定，抗逆性强，是一个管理比较简单的品种。我们通过调整菌种量、铺料量、覆土层厚度以及保持土壤湿度，首次实现绵阳地区大球盖菇的春末夏初错季栽培出菇，填补了这个季节鲜菇市场的空缺。"

钟钜芝还谈到大球盖菇的市场前景："大球盖菇色泽鲜

艳，味道鲜美，富含蛋白质和对人体有益的多种矿物质元素，享有'山林珍品'的美誉，是联合国粮农组织向发展中国家推荐的新菇种。利用林下闲置空间发展大球盖菇种植，稻草、玉米秸秆等可作为基质，促进农业废弃物循环再利用。菌糠是优质的有机肥，能够提高土壤肥力，改良土壤理化性状，促进林木生长，降低苗木管理、灌溉、施肥和病虫害防治成本。鲜菇市场价格是每公斤八元左右，保守估计每亩可增收三千元以上。"

默算了一下，石椅村现有一千二百亩枇杷林和四百亩李子林，林间空地若能充分利用，种植大球盖菇，那将是一笔不小的收入。

石椅村党支部书记陈爱军曾说："我在果园里转一圈，硬是看不出什么问题。请任专家走一圈，人家一眼就看出了哪里有问题。"

陈爱军嘴里的"任专家"，就是绵阳农科院植物保护专家任茂琼研究员。她一头灰白短发，显得非常干练。长期的田野工作，风霜与阳光在她的两颊留下了红润的印记。她讲话字句分明，言简意赅，而且直奔主题。

她说："水果就像婴儿，要细心养护。拿枇杷来说，头年9月至12月开花，结小果子，直到第二年5月才成熟。这样一个'全生育过程'，中间有好多环节，如修枝整形、疏花疏果、病虫防控、肥水管理，每个环节都马虎不得。"

由于她把种枇杷当作养婴儿，所以她来石椅村特别勤。

走进一家农户的果园，那枇杷树真是枝繁叶茂，长势疯狂。有的枝条粗得像旗杆，还东一枝西一枝伸得老高，整棵树有如摇滚歌星蓬松的乱发。任茂琼看着笑了。

任茂琼问身边的七八个农户："那几根'冲天炮'长那么高，结了果，你们咋个摘呢？还有，这上层的枝叶长得这么密，中间、下面的晒不到阳光，果子又咋个长呢？"

说话间，任茂琼举起剪刀，咔嚓咔嚓，开始修枝。她一边修枝一边解释："修枝能使茂密的树冠变得通透，修枝时要分层次，长短枝要搭配均匀，阳光要能照到每一层枝叶，果子才长得好。"

她身手矫健，从树下一抬脚就踩到大枝杈上，农户们一惊，大声提醒："任老师，小心啊！"只听一阵咔嚓咔嚓之声，肥大的枝叶纷纷落下。不一会儿工夫，摇滚歌星的蓬松乱发就变成了清爽的学生头。阳光穿过树梢，洒在叶子上，那叶子瞬间变得闪闪发亮。

任茂琼对农户们说："不要舍不得剪啊，头一年哪家修枝修得好，第二年哪家的果子才结得好，才能卖个好价钱。"

任茂琼手把手教会了几个农户如何修枝，技术很快传遍了整个石棉村。

每次来石棉村,任茂琼见到问题就直说:

"你咋个搞的?今年4月气温比去年高,虫子出来得早,你咋个不喷药呢?赶快,赶快喷药。注意药水比例,要兑好哈。

"你看你,是咋个上的肥?才挖了三个小坑坑。果树要营养,你这样上肥够不到,至少要围绕果树挖六个小坑坑,

石棉村每年都会邀请绵阳农科院各领域的专家来村里指导,帮助村民发展生产。图为绵阳农科院植物保护专家任茂琼研究员(左一)正在给村民讲解枇杷种植过程中需要注意的问题(摄于2022年)

把肥料上足!

"你看你家的果果,为啥子比别人家的小?疏花、疏果没有做到位。果果多了,抢营养,都长不大。"

…………

挨了"批评"的农户,不仅不生气,还喜笑颜开,点头称是。

在石椅村,许多农户说起寒潮低温都觉得恼火得很。村干部请教任茂琼:"石椅村如何应对雪灾呢?"

任茂琼首先纠正了错误观点:"有雪,不一定就是灾害。下了雪,如果地上温度没有降到零下三摄氏度,雪很快就会融化,不会造成灾害。但是,气温降得太低,到了零下三摄氏度以下,下霜了,就危险了!"

任茂琼多次在村上、组上讲,也给农户一家一家地讲过,如何应对冬末的气温突降造成的灾害。首先,要提前施肥,如果等到最冷的时候才施肥,肥料的效用还没传到树体上,低温就来了。国庆节前后施肥以有机肥为主,再搭点平衡复合肥就可以了。其次,大降温之前要浇水,让果树根系滋润、舒展,以增强整棵树的抗寒能力。

任茂琼说,除了指导村民通过施肥浇水帮助枇杷树抵御严寒,绵阳农科院还积极帮助石椅村引种春花枇杷。不同于传统枇杷树秋冬开花,春花枇杷是一种春天开花的枇杷。这样，枇杷幼果就不会遇上低温冻害了。春花枇杷成熟的时间是7月份，在其他枇杷几乎要下市的时候，其作为一种高山晚熟优质枇杷，说不定会收到奇效。绵阳农科院准备先在山垭风口处进行试种，成功后再进一步推广。

谈到水果种植与乡村旅游是石椅村的重要经济支柱时，任茂琼说：

"要留得住客人，就得有更多的景点。我听说石椅村正在打造'林海石源'，就是从石椅羌寨往上望去，那一大片黑压压的柳杉林。它将会成为石椅村的一个新旅游景点。

"试想一下，游客从石椅羌寨慢慢走上山，至少得二十分钟，出一身微汗。然后，在弯弯曲曲的林中小路上散步，嗅着草木的清香，将是多么惬意。

"柳杉林中还有十几块特殊的岩石，岩石上面有着特殊的图案，有的像鱼骸骨，有的像扁长的叶片，还有大小不等的圈状图案。有专家说，这是海洋生物化石，珍贵得很。这些化石，更是增添了林中漫步的乐趣，也为石椅村的旅游大大加了分！"

任茂琼还介绍说："平武的大红公鸡，是我们农科院培育的一种非常适合在川西北山村生长的优质肉鸡。这种鸡不畏寒冷，抗病力强，个头也大，可以在院子里和树林中散养，管理成本很低。我们将鸡仔免费送给石椅村村民养殖，深受他们的欢迎。"

枇杷的科学管理、"一米菜园"的开辟、大球盖菇的种植、平武红鸡的养殖等,都是绵阳农科院送给石椅村的"致富的种子",而科研工作者传播给村民的科学知识、科学精神,更是无价之宝。

下 篇

花果山，暖心家园

嫁给大山,嫁给二娃

石椅村党支部书记陈爱军的妻子车春华是城里人,上过高中,早早地就嫁到了山上。如果说当年她嫁到石椅村,是浪漫主义爱情故事的开端,那么后来发生的一系列事情就是"严酷"的现实主义故事的演绎。她让所有认定她在石椅村待不长的预言不攻自破。

她是铁了心要和陈爱军过日子,铁了心要改变石椅村的落后面貌。因为,她的心中始终燃烧着爱的火焰。

1975年出生的陈爱军,属兔,从小聪明好动,喜欢看战争片。小时候,每当电影队来村上放电影,看到"同志们,冲啊"的画面时,他都会激动得跳起来,学着英雄的模样,大喊:"同志们,冲啊!"这些年,他喜欢看《亮剑》,对个性鲜明的李云龙崇拜有加。

因为在家排行老二,村上老人习惯叫他"陈二娃"。小小山村,怎么关得住这只精力过剩的狡兔?那牛角岩的悬崖小路,他轻而易举地上上下下。他喜欢去曲山镇耍,

"5·12"大地震前，那里是北川县城所在地。他有一群兄弟，经常在一起打台球、玩纸牌、吹壳子。在兄弟们心中，陈二娃是一条讲义气的好汉：一是有底线，绝不做偷鸡摸狗、恃强凌弱的事；二是有担当，兄弟伙惹了事，他敢担责任，绝不畏首畏尾。

一群这样的小伙子，在街上嘻嘻哈哈地走过来，又闹闹嚷嚷地走过去，引起了一位小妹的注意。这就是在理发店学艺，长得小乖小乖的，小名叫"华儿"的车春华。她已注意观察陈二娃多时。这个二娃，个子中等，长得虎头虎脑，一表人才，很有男子汉气概，一看就让她喜欢。一次偶然的机会，她听到有人在议论："陈二娃才凶哦，天天耍，耍得那么安逸，庄稼活路还做得特别好！种了十来亩魔芋，年年丰收。"她心想，会耍的男人生活才有乐趣，会做活路的农民才有饱饭吃。她越想越觉得这个陈二娃挺可爱的。

这一天，陈二娃打完台球，与华儿迎面相遇了，彼此都愣了一下。

华儿招呼了一声"二娃"，脸就红了。

陈二娃慌忙回应："哦，华儿。"

华儿挡住了路，说："我跟你商量个事情。"

陈二娃问："啥子事嘛？"

华儿说："你，耍不耍女朋友嘛？"

陈二娃笑笑说："咋个不要呢？要要。你给我介绍一个哇？"

华儿两眼放光，盯得陈二娃有点招架不住了。

迟疑片刻，华儿说："你觉得我——怎么样？"

这一瞬间，陈二娃像是被闪电击中了。他和他的兄弟伙早就议论过县城的妹子，都说理发店那个华儿小乖小乖的，最逗人爱。

陈二娃被从天而降的大喜事震惊了："你？当然好啊！"

华儿满脸通红，低头小声说："二娃，我跟你说嘛，我是认真的。"

陈二娃如宣誓一般："我也是认真的，华儿！"

陈二娃喊"华儿"时，声音都在颤抖。剧烈的心跳告诉他——这就是爱情。爱情来临了，来得太突然了。

从此，陈二娃衣服整洁，行为收敛，总是精神抖擞地出现在华儿面前。

华儿的家人，却坚决反对她嫁到石椅村。因为，华儿是禹里街上的女孩，上过高中，父亲又是养路段工人，她要嫁个城里人不成问题。她咋个偏偏就爱上了陈二娃？

父母拗不过女儿，只好准备嫁妆，选定正月十八这个日子，把女儿嫁了过去。陈二娃那边，整个石椅村都轰动了，村民都说陈家屋头祖坟冒青烟，运气来登了（指运气特别好），二娃娶了个漂亮的城里妹。于是，村里大操大办，杀猪宰鸡，蒸煮烹炒，香雾腾腾，大大小小的碗碟像小山一样堆积在桌子上。经过商量，二娃家的邻居都换了干净被褥，腾好了房间，准备好好款待山下来的送亲队伍，让他们在石椅村住上三天，喝上三天，耍上三天。

从悬崖上的羊肠小道往上爬，就把爸爸妈妈和六十多人的送亲队伍折腾惨了。一个个背着嫁妆，提着礼品，汗流浃背，脚炝腿软，磕磕碰碰，心生怨气："华儿，你咋嫁到这个鬼地方啊？"

三十桌的婚宴还算是热热闹闹、喜气洋洋。拜天地，掀盖头，谢双亲，礼数周全，大家都挺满意。吃过午饭，爸爸妈妈便客客气气地对亲家表示："不给你们添麻烦，我们回去了。"华儿只好把泪水往肚里咽，把队伍送到"伤心路"的路口。爸爸妈妈完全看清楚了未来的日子女儿将多么艰难，心疼极了。临别时，爸爸悄悄说了一句让华儿一生难忘的话："华儿啊，没得退路了！爸爸妈妈以后帮不了你，今后的日子，就要靠你自己了！"

准备款待送亲队伍的丰盛菜肴，没有冰箱保存，只能请全村人来帮忙，吃了四五天才吃完。新郎新娘心中，有苦难言。

村里有人预言：华儿在石椅村搞不习惯，最多待上三个月。

没想到，华儿把新娘子的花棉袄一脱，把围腰一拴，立即转变角色：劈柴做饭，下地种菜，养鸡喂猪，忙里忙外，变成了农妇。菜馍馍，吃得香，玉米面，咽得下，只要跟二娃生活在一起，再苦也是甜。

眼看华儿的腹部隆起，公婆的脸上露出了微笑。当年，华儿就生了个乖乖女，起名"新一"。

有了新一，华儿像有了一台发动机，更加勤快，更加忙碌。她背着娃娃下地干活儿，只要背上一热，就知道娃娃尿尿了，赶快跑回家换尿片，绝不让乖乖女有半点不爽。该断奶了，为了给新一吃上好奶粉，得挣钱啊。二娃在外打工，还没寄钱回家，听说山上有人收购杉木，临时聘背夫，背一百斤杉木，上山走五里路，送到收购点，能挣三元多运输费。华儿来了，两米长、一百斤重的杉木背在背上，背了一趟、两趟、三趟……一直背到第七趟，天都黑了，山路朦胧，密林森森，十分瘆人。华儿浑身湿透，眼在打闪，她觉得力气要耗尽了。但一想到可爱的女儿嘟着小嘴要喝奶，她咬紧牙关，一步一步拖，一步一步挪。走，为了女儿！走，为了新一！走，走……她终于一步步蹭到收购点，连老板都惊住了。这二十多元奶粉钱，挣得真不容易啊！

那年冬天，华儿与黄彦结伴去后山挖猪鼻孔（野菜，学名鱼腥草，又叫侧耳根、折耳根等）。两人踩着寒霜，一条沟一道坡地仔细寻觅，找到一棵猪鼻孔就小心地挖出其细长的根。有时，一两个小时都挖不到一小把，而一小把猪鼻孔拿到县城，也只能卖一元五毛钱。

一连几个冬天，华儿都和黄彦去挖猪鼻孔，冻得手上脚上耳朵上满是冻疮。有一次，华儿发现一棵猪鼻孔很不起眼地长在一家农户的田坎上，凭经验，她断定这是一棵又粗又长的猪鼻孔。她本想立即去挖，又怕被户主发现——因为这块地是人家的。晚上回家，她向二娃说起，打算第二天天不亮就去挖。二娃一听，立马说："不行，你不能去。要是被人家发现了，放狗撵，你跑不快，遭狗咬了划不着。就算跑脱了，人家一顿臭骂，也叫你心头几天都不安逸。要去，就我去！"

第二天凌晨三四点钟，二娃就出门，摸索到华儿所说的那个地方。正要动手挖，便听到几声狗吠，他立即伏地不动。华儿计算着时间，左等右等，也不见二娃回来，于是心急火燎地朝山上赶。顶着凌晨的霜风，脸上痛得有如刀割。她越走越心急，一连摔了几跤。在山路转弯处，差点撞着一个"雪人"。定睛一看，是一头银霜的二娃！二娃也吓了一跳："你咋个来了？"华儿说："我看你紧到（指迟迟、直)不回来,越想越怕!"说着说着,小两口的声音都哽咽了。

二娃确实挖到了一棵又粗又长的猪鼻孔,至少可以卖五毛钱。多年后,华儿回忆起挖猪鼻孔的日子,带着一些气愤的口气说:"我随时都想到,石椅村总是有人说我待不久,我偏要做给他们看——我不仅要在石椅村住下来,还要把日子过得红红火火!"

为了养家,二娃决计到山西去挖煤。华儿去矿上陪二娃,那脏乱差的环境,那夹着煤灰黄沙的西北风,让她整天感觉气紧,时时感到惶恐不安。她惦念着女儿,不得不回家。

春节前夕,陈二娃回来了,华儿带着新一去绵阳火车站迎接。一见面,陈二娃就悄悄透露:"华儿,我挣了七千多元!"啊,简直是一笔巨款,顿时,华儿高兴得跳脚。

走出车站,陈二娃望着霓虹灯闪烁的宾馆,突然决定:"今天一家人就奢侈一盘——在绵阳住宾馆!"

这正合华儿的心意,二娃苦了累了那么多天,也该有一个舒适的环境享受一盘了。于是,一家人欢天喜地地走进了一家宾馆。

宾馆窗明几净,灯光明亮柔和,还有床垫,有卫生间,有淋浴房,有拖鞋、浴衣……石椅山上那窄小的家,真是无法与之相比。

夫妻团聚,花好月圆,自然聊到对美好生活的向往。

华儿说:"有人曾怀疑我,说我在石椅村待不上三个月。实际上,我嫁到石椅村五年了,不照样过得好好的吗!"

华儿还说:"结婚的时候,本来爸爸妈妈是打算在石椅村住上三天的,可是有一两个亲戚说,这个穷山沟住不得,有穷气,有霉气,沾上了要倒霉。私下这一传话,大家就一起走了。"

陈二娃也在不断地问自己:"我的家乡就那么遭人嫌吗?"

连华儿也心有不甘:"石椅村,总不能永远不得翻身嘛!只要我们攒劲,再不好的命运也能扭转过来!"

紫藤架与玫瑰花下的农家乐

"陈家大院"女主人车春华说,种了三年的紫藤,今年终于开花了。淡雅的紫色花朵,一嘟噜一嘟噜地盛开着,却又娇羞怕晒似的挤在绿叶下,半遮半露,吸引了一群俄罗斯画家的目光。

这天下午,俄罗斯画家们深入观察了石椅村的农家乐,体验到了原汁原味的羌寨生活。

这竟然是在中国?竟然是在中国西部的山村?

俄罗斯画家坐在智能马桶上发愣——这样的智能马桶,他没用过。但是,石椅村的农家乐,安装着这样的马桶。幸好,小图标一看就明白,使用后感觉非常好。

俄罗斯画家不知道从前的石椅村,卫生间叫茅坑,臭气熏鼻,苍蝇扑面……

有越来越多的美景,被俄罗斯画家们发现。

"陈家大院"门口,那一架特有中国味的紫藤,花开得密密实实,如一团紫色祥云,扯人眼球。

高雅的淡紫色花朵,实在迷人。奥列格夫娜等几位俄罗

"陈家大院"是石椅村最早开办的农家乐之一。为了将民宿、农家乐办好,"陈家大院"等二十多家民宿、农家乐的经营者,经常围绕住宿条件改善、厨艺菜品改良、庭院美化亮化、经营方式调整等进行互鉴交流。图为开满紫藤花的大院(摄于2023年)

斯画家,信步走进"陈家大院"。车春华满面春风地迎上来,安排他们坐在一个以杉木为墙、竹席为顶,半开放式的茶座里。这是车春华就地取材,自己设计、施工、打造的会客室。配上沙发、椅子、茶几、餐桌,既可以喝茶,也可以供一桌人就餐。依画家的眼光看来，那杉木墙很古朴，很原生态，乡村味十足，感觉不到一点人工设计的痕迹。画家们对女主人无师自通的艺术装修风格大加赞扬。

泡沫翻滚的啤酒，一杯接一杯地喝掉了。

车春华又端来本地特产马槽酒，这种类似伏特加的白酒，让俄罗斯画家感觉很对劲儿，连连干杯。

对于奥列格夫娜来说，这简直是不可思议的"镜头切换"——她画《北川中学》时，脑海里满是悲痛欲绝的人们，耳畔响起他们撕心裂肺的哭喊声，手中的画笔也在颤抖。而此时，山风轻拂，太阳斜照，坐在紫藤花架下，喝着美酒，享受着宁静、闲适的生活，感觉那苦难早已淡出了小小的山村。

又来了几十个外地客人。他们看到了俄罗斯画家，友善地一笑，算是打了招呼。

车春华和侄女陈又滋热情地招呼着，把客人安顿到餐厅里，围席而坐，满满当当三桌。只见两个女人不停地端菜，来来回回一阵风，走了几趟，色香味俱全的菜肴就摆满了桌子。餐厅里，酒杯碰响，笑语满堂。

不知什么时候，两个女人"摇身一变"，换了一身崭新鲜亮的羌族服装，在席桌间唱起了敬酒歌：

  清凉凉的咂酒呃

  嘿依呀嘞嗦嘞

  哦依呀嘞嗦嘞呀

  请坐请坐请呀坐呃

  咂酒呃喝不完

  再也喝不完的咂酒呃

  …………

  清亮悦耳的歌声，具有很强的穿透力，飞出了餐厅，让俄罗斯画家们一边喝酒，一边闭目细细品味。当客人们个个红光满面、吃饱喝足地走出餐厅时，奥列格夫娜不禁感叹："这就是普普通通的中国人都能享受的农家乐呀，只要一听到敬酒歌，美酒的浓度就会猛升，让人不醉不归！"

  车春华说，大岩路还没有修通时，就有客人从景家山那边绕路过来玩耍。那时是小青瓦房子，三合土院坝，一人一天收费五元，吃三顿，客人们玩得很开心。那时，只有邵再贵、陈爱军、陈华全、陈艳儿家在办农家乐，其他村民都在观望。

  在农村，做啥子都要有个样子。有了样子，推广起来就快了。

  最早，一天收到五十元现金都满意得很，现在，旺季营业额一天几千上万元都觉得很平常。附带着把枇杷、李子卖给客人，家里喂养的鸡鸭和种植的蔬菜也都派上了用场。客人们都喜欢吃家常豆腐乳，于是车春华做了几大坛，打算吃上大半年。没料到，客人们连吃带买，清明节一过，坛子就见了底。还有清明菜，那是长在田边地头的一种野菜，摘回来洗净剁细和上糯米面，做清明馍馍，好吃得很，需求量很大。天天蒸上几大笼，天天卖光。真是乡村旅游火起来，连野菜都在升值！

石椅村的乡村旅游越办越红火，如今已有二十多家农家乐。2023年枇杷节前，陈艳的"尔玛人家"经扩建改造后恢复营业，上千元的高档套房，很快就订满了，这让人感到意外，细想又觉得合情合理。

石椅村，突然冒出一片地中海式建筑。大朵大朵红艳艳的玫瑰爬满了外墙。玫瑰花架下，香气扑鼻的走廊，将米黄色调的房屋映衬得高贵典雅、洋气十足。宽大的露台，落地玻璃窗的阳光餐厅，两米宽的大床，真够气派，上档次。

三年疫情，影响了乡村旅游，陈艳的"尔玛人家"冷清下来。她早已意识到，时过境迁，先前的农家乐房屋陈旧，而且装修风格和其他民宿千篇一律，同质化十分严重。敢不敢冒险大投入，大改观？也许是大成功，也许是大失败。

在此之前，陈艳和村上"云朵山庄"的陈波、石椅村综合干事张庆到浙江去参观学习了一周，大开了眼界。想一想，当年收费五元要一天的农家乐是适应当时普遍低收入状况的，可以说是"穷欢乐"；如今，城里人来乡村旅游，要求完全不同了。在浙江，档次越高的民宿越受青睐。这让陈艳明白了，农家乐也得随着消费需求升级才行。

俗话说："胆大骑龙又骑虎，胆小骑的是抱鸡母。"陈艳大胆拍板，贷款两百万元，让"尔玛人家"来了个升级换

2023年4月，"尔玛人家"升级改造完成并恢复营业，成为石椅村第一家精品民宿。一片米黄色调的建筑，矗立在半山腰，格外引人注目。图为"尔玛人家"客房主楼（摄于2023年）

代：一是硬件上更加舒适；二是风格上更有羌族文化内涵，更有"羌"调。

2023年6月，"尔玛人家"迎来了中央广播电视总台《山水间的家》节目摄制组。见多识广的记者们，为老板娘陈艳的开拓精神点了个大大的赞。作为石椅村党支部副书记，陈艳的成功示范，定会引起整个石椅村农家乐的升级换代。

五十多岁的陈艳，说话中气十足。她细细说起了自己的经历：

"我是1970年出生的，老家在三汇村。1990年经人介绍，嫁到了石椅村。当时，出村回村只有挂在牛角岩悬崖上的那条小路，交通太恼火了，一年难得与娘家人见上一面。

"刚嫁到石椅村来，还是吃了好多苦！当时我们一家只有三亩多薄地，生了两个儿子后，才又分得六分熟地。

"一开始，丈夫邵朝平在外务工，我在家务农，种洋芋、小麦等，还种了一些李子树。后来去买了五星枇杷枝条自己嫁接，想发展水果种植。

"1994年，生活突然发生了变故。丈夫出车祸撞了人，我们也为此背上了巨额债务。第二年，我们便到江苏打工还债。我们先后在砖厂、采石场干活儿。最困难的时候，就靠捡点莴笋叶，吃水煮菜度日。那时候，馋得很，想吃肉，一两个月才能买一块肉皮炒着吃。有一次，遇到了两个江油老乡，介绍我们俩去铲沙，铲满一车沙挣两元钱。后来，两个老乡买了一块猪头肉，炒了一盘盐胡豆，邀请我们一起打牙祭。这种苦日子，永远都忘不了。我们打了整整五年工，才还清了借款。

"日子刚松活（指轻松）一点，婆婆又得了重病，需要大笔医药费。我们俩又背上了债务，只好继续外出打工。丈夫去了山西一家煤矿干苦力，我去了江苏一家织布厂。靠着没日没夜的苦干——有一次，我连续干了三十多个小时——最终，我们还清了债务。

"2004年，外出打工近十年，我们俩决定回老家修房子。我们感觉，在外面挣得再多，家乡不建设好，心头总是空落落的。当时，我们花了四万元修了现在农家乐的主楼。2006年，开始经营农家乐，当时收费低，游客人均每天才收十六元。

"2008年汶川大地震给我们的农家乐造成了很大破坏。2009年，我们重新装修房屋，继续开办农家乐，直到去年才开始进行大规模扩建改造。"

陈艳总结说："我这些年，遇到了不少事，吃了不少苦，但是我运气好。江苏遇到的老乡，是好人；进厂遇到的老板，是好人……我吃的苦，都是财富。这次贷款扩建改造'尔玛人家'我没得心理压力，我相信我们会经营得很好，一年盈利五六十万元,还贷款没问题。"

作为石椅村党支部副书记,陈艳负责村里的党建工作。她介绍说:"村里现有党员二十四名,还有一名预备党员和两名入党积极分子。村里还在大力引导年轻人向党组织靠拢,希望有更多的年轻人参与到村委会的具体事务中,为村子的发展贡献力量。"

在石椅村,能干的女人撑起了半边天。村民陈建军曾滔滔不绝地发表了一通"羌寨女人颂":"我们石椅村的女人,哪一个不是手不停脚不住,粗活细活全揽了,从早做到黑?要我说,世界各地再好,也不如我们石椅村好!因为我们村的女人最美丽,最勤劳,最善良,最顾家!"

陈建军讲的,句句是真话。

三个新农村女人

在石椅村采访时,有一位"小姑娘"对我说:"我就是从大地震中清醒过来的!"她说她喜欢用化妆品,还经常开一辆帕萨特到果园干活儿,车子的后备箱里装的便是劳动工具。

还有天天开车去市场采购货物、接送娃娃放学上学的女人。

我觉得,这就是新农村新一代的农民形象。

她娇小玲珑,面容清秀,一副小姑娘的长相。如果背个双肩包,还会被误认为是大一的学生呢。她是个"90后",还是两个孩子的妈妈,她就是石椅村综合干事——张庆。

综合干事,主管民政和村务,包括咨询服务、帮办低保、妇幼保健、环境卫生、红白喜事、参军退伍、民事纠纷等。张庆手头有一大堆"剪不断,理还乱"的事。她说:"恨不得长出千只手,变成千手观音。"在电话不断,找她说事、办事的人不断,迎来送往的间歇之中,她讲述了自己十五年来的经历:

"'5·12'大地震那年,我不到二十岁,对很多事都还是懵懵懂懂的。当时我正处在热恋之中,对象是石椅村一组的王刚。山崩地裂之后,死伤无数!王刚的父母都遇难了,他哭得撕心裂肺、昏天黑地。我非常同情他,我相信,只要我陪伴着他,一定能让他走出绝望的境地。

"那时候,受灾严重的北川,出现了一股风向:要朋友的赶快结婚,结了婚的赶快生娃。好像只有听到了婴儿响亮的啼哭声,才能激发出新的生活的勇气。

"2009年,我的大儿子出生了。我仿佛一下子清醒过来——我当上妈妈了!这个能吃能喝、能睡能笑,可爱得不得了的肉坨坨,真是让人爱不够、亲不够啊。我突然想到:我必须让我的儿子过上好日子。我的生活目标一下子变得非常明确。

"可是,看看我们家的条件,实在让人伤心。我和王刚,刚从县城撤离回乡。房子垮了,急需重修。面包车开到'云朵山庄',硬化的路面就没得了。天哪,前面几个大坡坡,全是稀巴烂的黄泥巴路,下车推车,粘住了双脚,简直推不动……"

张庆哽住了,过了一会儿,她平复了一下,才继续讲道:

"在石椅村,我该咋个生活?上午,我睡到九点过醒来，隔壁的伯伯都下地干了两三个小时活儿了。再看嘛，我的嫂子，'绿丰园'的岑敏，秀秀气气的，人家还背起娃娃跑堂，背起娃娃下地，背起娃娃煮饭炒菜，背起娃娃跑山路，手不停，脚不住，有干不完的活儿。她就是我的榜样！再看石椅村的女人们，仿佛个个都在你追我赶，暗中较劲，没有哪个不厉害。比如'陈家大院'的车春华、'富兰山庄'的杨荣兰、'静义山庄'的梁英、'花果山庄'的黄彦、'永清园'的周述清、'云朵山庄'的景小彦……

"我明白了，要做石椅村的女人，就得努力干，就得拼命干。王刚的舅舅陈华全是种枇杷的高手，我跟着他学种枇杷，施肥、除草、修枝、套袋……几年下来，我种的枇杷也能挣到钱了。那时，娃娃还小，我背到背上，下地干活儿；娃娃能走路了，干活儿时就把他放在田边地头，只需防着他玩剪刀、爬树，注意他的安全就行了。王刚开货车，跑运输，风里雨里，不辞辛苦。就这样，一个小家庭，日子一年比一年好过了。2012年春节前的一天，我在枇杷林中锄草，王刚突然钻进枇杷林，吓了我一大跳。他向我报喜，说他挣了两万多元，可以过一个比往年热闹的春节了！我高兴极了，抱着他跳啊跳……这是我们苦干实干干出来的美好生活啊！

"今天早上，我还是早早起来，摘了两个小时枇杷，才来村上上班的。十亩枇杷，我顾不过来，只能请人帮忙摘……

"莫笑话我，我的观点是：干活儿拼命，花钱大气。我就是新一代的中国农民！哪个说农民就该是怂头怂脑、稀脏邋遢的样儿？我就喜欢把自己打扮得干干净净、舒舒爽爽。好的化妆品，舍得买；高档护肤霜，舍得抹。不晓得咋想的，我和王刚看上了一款帕萨特，二十多万，高档气派，说买就买。

"就在石椅村，我换上一身工装，开着崭新的帕萨特，后备箱放着锄头、剪刀、背篼，一路上山，在公路边停下来，然后钻进枇杷林中去干活儿。我也可以精心化妆，打扮得漂漂亮亮，开车带上老公和两个儿子，去绵阳、成都逛街购物。

"石椅村现在成了全国的明星村，亿万双眼睛把我们盯着的。我们只有努力努力再努力，按照我们自己制定的规划，一步步去走、去落实。我也会努力尽到我这个小小村干部的职责。"

张庆实在太忙了，如果要更深入地了解石椅村以及石椅村的女人，她建议去采访"富兰山庄"的杨荣兰，还有"绿丰园"的岑敏。

初夏的"富兰山庄",住满了来吃新鲜枇杷的游客。

天还没亮,杨荣兰就开着越野车下山,去擂鼓镇赶早市。鸡鸭鱼肉,大块猪肉,新鲜蔬菜,每个摊主都晓得她的要求,不断吆喝:"今天的笋子嫩,拿去烧牛肉安逸得很!""你不多买点折耳根、嫩胡豆哇?做凉拌菜客人都喜欢吃!"杨荣兰脚不停步,她用手机在一个个摊位上扫码付款。待越野车后备箱装满了鲜货,回到"富兰山庄"时,天才亮。

接着,客人们陆续起床,下楼吃早餐。早餐过后,客人们四处转悠去了,杨荣兰才有了一点空闲,跟我"摆条"(指摆龙门阵)。我们又议论起发生在清明节时的一件"小事"。

当时,我就住在"富兰山庄"。

那天,从山下来了一个五六十人的老年团。按约定,老人们可以享受"富兰山庄"推出的每人五十元吃一顿丰盛午餐,免费喝茶,以及到茶园采茶、摘野菜等农家生活体验活动。

不难计算,每人交五十元团费,除去交通费,只有三十多元交到"富兰山庄",根本没有赚头。杨荣兰说:"接老年团,就是赚个人气,图个好口碑。"

大部分人到了茶园,学着采了一会儿茶,便摘鱼腥草、清明菜去了。一对老夫妻,采茶一直采到中午。他们钻了个大空子——没有说每个客人限量采摘多少茶叶——竟然摘了一斤多鲜叶,好大一袋子。这可是货真价实的苔子茶啊!他们炫耀"辉煌战果",让老年团炸了锅。有人觉得太吃亏了,交了五十元团费,就采摘了点野菜;有人建议午餐后都去采茶叶,补偿一下大家的"亏空";也有人要求按预定日程下山,不想再去茶园了……大家七嘴八舌,吵成一团。

最后,有一位清醒的老人说道:"搞清楚没有,我们是出来耍的!"这才算平息了争端。

事情已过去了两个月,杨荣兰深有感慨地说:"农家乐,主要为城市游客服务,面对的是形形色色的人。我们不宽容,又咋个办?我们相信,国家在进步,人也在进步,那种一心想占便宜的客人,肯定会越来越少。"

让人欣喜的是,杨荣兰的手机上记录了很多来自全国各地的友好的游客。她说:"这些游客,年年都买我们的茶叶、水果和腊肉,彼此已经成了好朋友。我们的好朋友越来越多!"

她的手机铃声突然响起,她瞥了一眼,略有羞涩地笑笑说:"我接个电话。"

只要是卖水果和卖腊肉的时节,杨荣兰的手机就会响个不停,很难跟她连续说上五分钟的话。她的手机里有一千多个客户的电话和微信号。其中,有来石椅村游玩后意犹未尽的游客,还想再来,于是留下联络方式以便提前预订房间;

还有很多客户,每年都要买几十箱水果和腊肉,果子一熟、腊肉一好就催着发货。

挂断电话后,杨荣兰点开通话记录介绍说:这个客户是上海人,喜欢吃山区的老腊肉;这个客户是深圳人,对晚熟的大枇杷情有独钟……手机,网络,让石椅村与"北上广"以及全中国的消费者紧密联系在一起了。

杨荣兰说:"这几年,电商、快递业务发展得很快,我们石椅村的水果也不愁卖了。我们家百分之八十的枇杷都是通过网上卖出去的。枇杷成熟的时候,快递公司的运输车,一辆接一辆,行驶在村里的公路上,孩子们都认熟了:这是邮政的车!这是京东的车!这是顺丰的车!……"

说着说着,杨荣兰列举起快递公司的名字,觉得挺押韵,竟哈哈笑起来。我们的对话,被即兴编成了顺口溜:

邮政,京东,
韵达,顺丰,
中通,圆通,
石椅村的生意好兴隆!
只因枇杷要赶飞机,
抓紧分分秒秒钟。
…………

一年之中，枇杷采摘和销售的季节，正是岑敏大忙的时候。她家的"绿丰园"，是枇杷的重要集散地。进大门左边的长廊，摆放着两百箱刚从山上摘下来的还套着纸袋的枇杷，十几个大妈大嫂分成两拨，剪开纸袋，取出枇杷，分出等级，按个头一箱一箱装入标准的包装箱里。包装箱上印有"北川高山晚熟枇杷"字样，十分醒目。院子里，顺丰快递的货车已经在那里等着，运往北京的大枇杷，保证在四十八小时内送到收货人手中。

枇杷是石椅村的重要经济来源之一。枇杷收获的季节，村民们更加忙碌。图为"绿丰园"请来的大妈大嫂们正在对刚采摘回来的枇杷进行拆袋、挑选、分拣（摄于2023年）

如同往年,岑敏坐在长廊边的桌旁忙碌着,忙得连眼皮都没能抬一下,耳朵在听着电话,手指在电脑上敲打,双脚还在不停地轻踏。看起来手忙脚乱,实际上娴熟自如。

晚上的岑敏也是忙碌的。深夜十一点,虽然"绿丰园"的长廊空了,但是,一辆大货车又轰隆隆地开了进来,车上跳下来陈华全和陈建业,两人的脸都晒成了古铜色。他们从二十公里外的小坝镇承包地运回了二百零五箱刚摘下来的枇杷。陈建业说:"路太烂了,堵了六个小时。"

岑敏先掏出本子记数,然后帮着卸车。那橘红色的塑料大箱,重的五十斤,轻的也有三十多斤。在司机的帮助下,陈华全、陈建业和岑敏熟练地将二百零五箱枇杷码成了整整齐齐一堵墙。只等明天一早,开始新一轮的拆袋、挑选、分拣、包装。

岑敏说:"小坝那边的三百亩枇杷林才开始采摘,得忙上一个月。早上六七点钟就得起来,晚上十一二点还休息不了,一天只能睡四五个小时。实在困了,就打个盹儿;吃饭嘛,饿了就随便塞点儿。只有一件事是雷打不动的,那就是无论有多忙,我每天都要开车准时接送娃儿。"

大儿子伟豪,在县城读寄宿学校,每周接送一次;小儿子鹏宇,在擂鼓镇上幼儿园。每天早上,岑敏拉着鹏宇,从"绿丰园"下山,十几分钟车程就到学校了。下午放学,鹏宇总会比同学先看到妈妈在招手微笑。

鹏宇活泼可爱，喜欢运动，动手能力很强，打球、绘画样样拿手。他仿佛懂得妈妈的辛苦，一上车就讲妈妈喜欢听的。

"妈，老师今天又表扬我了！"

岑敏一听，高兴地问："咋个要表扬你呢？"

"老师发现我没好生听讲，提了个问题让我回答。我根本没有听到老师提的是啥子问题。"

"你不晓得老师问的啥子，不是瓜兮兮地站在那里？同学们不笑你吗？"

"老师好有耐心啊，又把问题重说了一遍。我听清楚了，马上回答，完全正确！老师表扬了我，同学们都给我拍巴巴掌！"

"哦，哦，我也要为你拍巴巴掌啊！"

岑敏笑着对我说："送儿子上学，接儿子回家，就是最好的休息。"

开着车，下地干活儿；开着车，采购货物；开着车，接送娃娃……家里能顾妥，事业有奔头——这就是石椅村新一代的农民形象。

与命运抗争的"双彦"

说起石椅村的女人,车春华特别推崇"云朵山庄"的景小彦和"花果山庄"的黄彦。

她说,这两个"彦"的生命力顽强得很。一个在灾后重建中几乎是白手起家,把农家乐办得红红火火;另一个是遇上了大难,却硬是从阎王爷手中把患癌症的老公抢了回来。这两个"彦",可以说是羌寨女人与命运抗争的典型。

"云朵山庄"正在改建,女主人景小彦正在院子里忙碌着。

只见她抱起一根木料,推向电锯,随着尖锐的锯木声,锯末飞溅,木料被准确地剖开。她微微眯缝着眼睛,熟练地操作着,完全像个经验老到的师傅。

早听人说,景小彦粗活细活全都能干,什么也难不倒她。

见到车春华带着我来采访,她便停下手头的活儿,拍打着身上的锯末,笑盈盈地迎上来,指着杂乱的院子介绍说:

"改建之前，我们接待十来桌客人都有点挤；改建之后，我们可以宽宽松松地办三十桌酒席。"

她的魄力不禁让人惊叹：她不仅胆子大，而且步子迈得也大啊！

景小彦说："'5·12'大地震之前，我胆子小得很，啥事都怕。大地震把我的胆子逼大了，让我手脚也变麻利了，啥子活路都学会了！"

地震中，她和丈夫陈波捡了一条命，可是儿子没有了，北川县城安的那个家也没有了。他们俩，除了身上穿的一身脏衣服，两手空空，一无所有！

四川人有一句俗话叫"摔了不痛爬起来痛"。得知亲人遇难，人突然变得麻木了，傻了。等明白了是怎么回事，才痛不欲生，痛彻心扉。静夜里，板房透音，只要有一个人做噩梦，哭喊着醒来，就会引起左邻右舍流泪与叹息。大灾之后，男人甚至比女人更脆弱！

终于，在一天夜里，景小彦把绝望的老公喊醒："哭够了，眼泪都哭干了，有啥子用！"

陈波有气没力地说："那——我们咋个办嘛？"

景小彦说："我们俩还年轻，好手好脚，身体健康，比起那些受伤了的、残疾了的，我们好多了。房子垮了，重建！田土荒了，重新开荒！啥子事，都可以重来……"

陈波突然觉得，以前经常哭哭啼啼、胆子小得不得了的妻子，像变了个人。

陈波垂下头："我们的儿子……"

景小彦说："儿子，是哭不回来了。那些没了娃娃的女子，一个二个结扎了的，硬是不怕活受罪，痛得哭爹喊妈都要到医院去打通输卵管。我又没结扎——我就不信，我们生不出娃儿来！"

所谓的坚强，其实是人到了没有任何选择余地时的唯一选择。

在极度悲痛之后，景小彦和数万北川人终于悟到了："活下去，你必须成为生活的强者！"

一切从零开始。在国家大力帮扶北川，全国人民无私援助北川的大背景下，景小彦和陈波决定回村重建家园——种枇杷，办农家乐。这十几年，陈波和景小彦有了两个娃——一个女儿、一个儿子，日子一年比一年好过了，"云朵山庄"的名声也越来越响了。

环顾正在改建的"云朵山庄"，我不由得从心底佩服景老板的眼光和魄力！

那豪华标间的大落地玻璃窗，把对面层层叠叠的青山，山上的朵朵白云，镶嵌成了巨幅的风景画。若是初春时节来此住宿，窗棂下满山李花如雪，更让客人们产生幻觉：我是睡在白云里,还是睡在花海里?加上卫生间的高档浴具、智能马桶,这样的豪华标间简直可与大城市的高档酒店媲美!

景小彦说:"今年我们贷款一百多万元,让'云朵山庄'来个提档升级。我相信,只要不怕吃苦,不怕麻烦,不怕背债务,只要我们勤奋努力,踏实肯干,生活一定会好上加好!"

最后,她说:"经历了大地震,石椅村的女人,死都不怕,还怕啥子困难嘛!"

关于"花果山庄"的黄彦,最"可怕"的传说就是:她生娃娃简直不费劲——来不及去医院,站在家中门后角落里就生了。

黄彦有着一双大大的眼睛,加上白里透红的脸蛋,给人一种喜气洋洋的感觉。她不仅模样好,而且声音甜美。当年,摆摊卖蔬菜,她一开口,那清亮甜美的嗓音便格外引人注意:"大哥大嫂,这边来看看嘛,我的蔬菜特别新鲜……哎哟,大姐,你的皮肤好好哟,简直想摸一下!"和她一起摆摊卖菜的姐妹,没有哪个比得上她的手脚勤、嘴巴甜。

关于生娃娃,黄彦解释说,不是她不愿意去医院生,而是她觉得预产期还有几天,该做啥就做啥。结果呢,还在家里干活儿的时候娃娃就出生了。

说到装修一新的"花果山庄",黄彦热情地介绍:"我们在原有的两层楼房前,加了木质的羌族风格门楼。桌子、椅子、茶几等家具,全是用以前的水桶、拌桶等农具艺术化改造而成的……"这些家具乍一看有点土,但细品之后,却发现"土"得脱俗,"土"得有味。

楼房进门处,挂着黄彦和丈夫陈继良开怀大笑的彩色照片,照片下面有一行字——"幸福的样子"。黄彦解释说:"因为幸福来得不容易,所以我要炫耀幸福。"

那是2017年7月14日,陈继良查出了直肠癌,拿到检查结果,黄彦顿时感到五雷轰顶,完全晕了,泪水哗哗地流,怎么都止不住。

她对我讲起那一段"拼搏史":

"我们的农家乐办得正红火,我们的好日子才刚开始,爸爸妈妈年纪大了,娃娃还在上学……咋个办啊!思前想后,我只有一个念头:我要挺住!我绝不能倒下!阎王爷,你敢抢老子的男人,老子跟你拼了!

"幸运的是,我们在北川医院、绵阳中医院,一直到成都的华西医院,一路都遇上了好医生。一见到医生,我的泪水就哗哗地流。医生宽慰我说:'一定全力以赴救治你的老公!'在给我老公办转院手续时,绵阳中医院的向医生对我老公说:'你找到个好爱人,你要好好珍惜!'因为老公无论是动手术还是化疗、放疗,从来没见我愁眉苦脸、哭哭啼啼。我对他总是笑、笑、笑,表现出非常乐观的样子。其实,我不晓得偷偷哭过好多回,在医院卫生间哭,在被窝里哭,在缴费处哭……哭完了,我就把眼泪揩干净,做出一副满不在乎的样儿。我还要千方百计地瞒住爸爸妈妈,不让他们晓得自己儿子得的是癌症。我最怕他们倒下,他们要是倒下了,我就更扛不起这个家了!

"华西医院的医生给我老公做了手术,接着是多次的化疗和放疗。我们就在华西医院附近租房子住,我还想方设法让老公吃好休息好,始终保持乐观情绪,顶住化疗和放疗的折磨。那两年,全靠爸爸妈妈、哥哥嫂嫂帮忙,继续办好农家乐……这几年,老公恢复得很好,他的身体逐渐康复了。后来,有记者来给我俩拍照,我都笑得合不拢嘴。这就是幸福的样子!"

黄彦还讲了她的家庭规划,滔滔不绝的话语显示出她对未来充满信心。

车春华说:"这就是我们石椅村的女人,不仅敢于同命运抗争,而且敢于把命运牢牢掌握在自己手中!"

老书记的两次"合家"

> 石椅村的人都说:"何国发老书记的故事多。他这一辈子经历的事,一般人几辈子也经历不到。"
>
> 6月,正是摘枇杷、卖枇杷的大忙季节。
>
> 与何国发老书记进一步相约,谈完"村史"再谈他的"家史"。接着,我到"天然居"住下,抽空采访了他及其儿媳何玉梅、儿子苗关志这个大地震之后重新组建的特殊家庭。

1983年,何国发的妻子陈玉萍病逝。

咽气之前,一儿两女,三个娃娃,紧紧拉着妈妈的手不肯放,要把妈妈强留在人间。陈玉萍啜嚅着,在何国发的耳边,留下了最后的嘱咐:"我走了……放心不下我们的娃儿……太造孽了……你一个人……带不活三个。你要娶一个好心的女人……把我们的娃儿,都带大……"

本来,何国发作为石椅村的首任党支部书记,兢兢业业地工作了十多年,威信很高。作为有担当的丈夫,伺候病妻多年,口碑很好。妻了死后,很多人来给他说媒。奇怪了,何国发居然还挑来挑去——没带孩子的年轻寡妇，不要；带一个孩子的寡妇，不要；带两个孩子的寡妇，也不要……最后，硬是找到一个叫赵秀英的，与他完全一样，带了一儿两女。

1984年，何国发和赵秀英两家合为一家。

这样，夫妇俩就有了六个娃：两个儿子，分别为九岁、八岁；四个女儿，两个六岁，两个五岁。何国发让自己的三个娃喊赵秀英"伯娘"（当地人喊"妈"叫"伯娘"），赵秀英的三个娃也喊何国发"爸爸"。

爸爸和蔼可亲，伯娘慈祥善良，夫妇俩对六个娃一视同仁。一大家子，和睦相处，虽不富裕，却很融洽。转眼就过了二十多年，四个女儿先后嫁了人，各自组成了小家庭。两个儿子呢？

何国发的儿子何安忠，娶了何玉梅，生了儿子何天然。

赵秀英的儿子苗关志，娶了贾秀英，生了儿子苗清元。

何国发在石椅村种地养猪，他说："以前，我们老两口和还未出嫁的女儿住山上，何安忠、苗关志两兄弟住县城。过年杀年猪，若是杀一头，我们分一半，两兄弟打伙分一半；若是杀两头，我们分一头，两兄弟打伙分一头。我们这个大家庭，彼此都很亲热，都喜欢团团圆圆，聚在一起。"

何安忠热情开朗，幽默风趣；苗关志憨厚踏实，心灵手巧。兄弟俩一起去参加乡上的干部招聘，都考上了，分数还完全一样。这就难为了乡政府，因为只能选一个。征求何国发的意见，何国发说："我也很为难啊！我要是推荐苗关志，何安忠心头肯定不安逸我；我要是推荐何安忠，肯定有人要说我偏心眼。"最后乡上决定，再考一次，结果何安忠略胜一筹，被乡上录用了。

何安忠边工作边学习，进步很快，又从乡上调到县司法局。能干又贤惠的妻子何玉梅在县供电局工作，儿子在北川中学读高一。三口之家，幸福无比。

"5·12"大地震，改变了一切。

那一天，在县供电局工作的何玉梅轮班休息，在地动山摇的巨震之中，宿舍轰然下沉，一楼在瞬间消失，住在楼上的何玉梅在浓浓的烟尘中死里逃生，但眼前的老县城已经被垮塌的大山埋掉了大半。丈夫呢？儿子呢？她急疯了……

那一天，苗关志在广汉搞测绘，经历了强烈地震后，他与北川的联系中断，第二天单位派车把他送到北川。迎面走来的，全是蓬头垢面逃难的人。妻子所在的北川县城，半座城被埋了；儿子所在的茅坝中学，整个被埋了……

那天深夜，在上万人的"集体宿舍"——绵阳九洲体育馆，苗关志找到了儿子苗清元。惊魂未定的小清元，被爷爷何国发抱在怀里，见到爸爸，便想妈妈，嘤嘤地哭起来："妈妈，还没找到……"

何天然和妈妈何玉梅在一起，擦着泪水——何安忠的工作地点县司法局大楼，被垮下的山体埋掉了……

在北川中学读高一的何天然非常幸运，他从垮塌的三楼逃脱了，而同班的同学有一半遇难了。整个北川中学，上千名师生遇难。

在茅坝中学读初中的苗清元也非常幸运，他随学校派出的两个班的演出队，去县委礼堂为表彰先进大会表演节目。地动山摇时，县长经大忠大喊："党员干部留下，让学生先走！"于是，茅坝中学参加演出的两个班，以及在操场上上体育课的两个班的同学幸存下来，其余的师生全部遇难。

儿子何安忠没了，何国发又想起前妻病逝前的嘱咐，禁不住老泪纵横。苗关志问他："爸，我们要不要贴一张寻人启事？"

何国发摇摇头，儿子没法去寻找了，永远找不回来了。想到儿媳何玉梅还年轻，总得嫁人，他的大脑里嗡嗡响起来……

赵秀英见儿子苗关志怀念亡妻，一直愁眉紧锁。如此能干、忠厚的壮年男子，哪个女人找到他都靠得住啊……

何国发和赵秀英商量，这个大家庭绝不能散。他们本能地想试探一下苗关志和何玉梅能不能组成新家庭，何玉梅说："让我考虑一个月吧。"

一个月后，何玉梅表示同意。

石椅村的村民们都说，何国发和赵秀英老两口，把两个残缺的小家弥合为完整、和睦、温暖的大家，真是不简单！

2023年，在石椅村三组的最高处，何国发一家贷款上百万元，总共投资近两百万元，紧张劳作了八个月，修建了一栋五层楼房——总计八百平方米，有十五个标准间的现代民宿"天然居"。

年初来这里时，水泥搅拌机正隆隆作响，小院坝还是一个工地，苗关志身穿工装，一身灰土，和几个工人正忙碌着。

建好的"天然居"，装修简洁大方，颇具现代感，上档次的卫生洁具，更能体现主人的良苦用心。

这一天，何玉梅一边忙着卖枇杷一边忙着接待客人，里里外外，跑上跑下。不时，有预订席桌的电话打来，她得赶快记下。苗关志忙着装卸货物、清除垃圾、准备菜肴，一刻也不停。

忙到半夜，何玉梅才能跟我说上几句话。

我们坐在凉亭，俯瞰山下，一座座农家院中，星星点点的灯光不住地闪烁。这是枇杷收获的季节，果农们白天忙采摘，晚上忙包装，都睡得很晚。老书记家的枇杷要晚熟两三天，还没有到最忙的时候。

她坦诚地谈到重组家庭:"地震把一切都改变了,我有啥子办法呢?何安忠走了,我怎么办?看儿子和苗清元相处得还挺好,苗关志人也很踏实……老天都这样安排了,我只能一步一步地走下去了。"

何玉梅的话提醒了我。十五年过去了,我有幸亲见北川如浴火的凤凰,显示出强大的生命力。同时,我也看到:生活,除了有甜蜜的果实,还有苦涩的泪水;除了有阳光下的欢声笑语,还有孤灯下的无声啜泣。

十五年了,北川大地的裂缝早已被葳蕤的花草缝合得不露痕迹。裸露的岩石铺上一层新绿,褶皱间长满茸茸的苔藓。细看苔花,粗看山野,你会惊叹,大自然有着顽强的自我疗伤能力,只需要阳光、雨露和一些时间,它又呈现出一派蓬勃生机。但是,心灵深处的创伤能愈合吗?

北川县卫生健康局的工作人员介绍说:"北川现有计生特殊家庭五百多户。所谓'计生特殊家庭',就是指独生子女发生伤残或死亡而未再生育或收养子女的家庭。其中,相当大一部分是'5·12'大地震造成的。"

何玉梅说:"北川有个微信名叫'玉竹'的失独妇女,泼辣能干,曾在企业工作,她就出面把分散的部分失独者组织起来,组成'暖心家园',大家抱团取暖,手牵手,一步步从悲伤和绝望中走出来。"

何玉梅还说，苗关志有一个老朋友叫石头哥，还有老书记何国发的外甥女桃桃，都是"暖心家园"的成员，参加活动之后变得开朗多了。桃桃把老舅何国发当作精神支柱，经常带人上山来耍。

原来，石椅村老书记的家"天然居"还是北川"暖心家园"开展活动的重要场所。于是，我拜托何玉梅帮忙联系，请"暖心家园"的朋友来山上"摆条"。

石椅村的"暖心家园"

> 经历过同样的失独之痛的人，最能相互理解。在"暖心家园"，一次又一次地倾诉之后，终于有人站出来说："兄弟姐妹们，我们不能这样永远泡在泪水中，我们要手牵手走出去——走出去，迎接阳光！"
>
> "暖心家园"，不是让痛苦者更痛苦，而是让痛苦者减轻痛苦，忘掉痛苦。在石椅村这个"暖心家园"开展活动的重要场所，冬天的一把火，让寒凉的心感到了暖暖的春意。

北川初冬的大晴天，在石椅村最高处的"天然居"，可以看到整个云雾缭绕的村子。玉竹和她"暖心家园"的四位成员从北川开车来到"天然居"。老书记何国发换上一身干净衣裳，喜迎宾客。四楼最宽敞的大客房，小餐桌上已摆好水果、花生、瓜子、糖果等。桃桃招呼舅舅坐在他们中间。老书记乐呵呵地跟每一个人打招呼。大家都跟着桃桃喊"舅舅"，老书记俨然成了众人的舅舅。

玉竹快人快语，先介绍了五十六岁的金哥、五十七岁的石头哥、五十一岁的蓉妹以及五十三岁的桃桃。他们都是在"5·12"大地震那天失去唯一的孩子而成了失独者的。

金哥最先开口。

金哥姓李不姓金，因为名字中有一个金字，加上腰椎间盘突出做了手术，腰上至今都还有一块钢板，就被叫作金哥。他的妻子小英，地震时胸椎受到损伤也上了钢板。夫妻俩身上都有钢板和钢钉，没法再生育孩子了。

平时不多言多语的金哥，说起女儿时就双眼发亮："我们的女儿太乖了，而且学习特别好，从小学到初中，每次考试都是第一名。当时不觉得，现在才晓得，有个乖女儿，我们一家人好幸福啊！"

大地震，把金哥的女儿埋在了北川中学。他的妻子哭得死去活来。夫妻俩都不相信这是真的，他们觉得女儿没有离开，天天还盼着她放学回来。后来，夫妻俩就天天对着女儿的照片发呆，把镜框擦得干干净净。女儿获得的每一张奖状，他们都拿出来反复看。

十五年来，他们最怕听到哪个亲戚朋友通知："我的娃儿要结婚了。""我抱孙娃子了，请你喝满月酒。"就连春节的家族团聚，他们都拒绝参加。失独的人，神经都特别敏感，最怕触景生情。哪怕是最好的朋友，无意间的一句话，都会刺痛他们流血的心。

北川灾后重建的中小学很漂亮，他们都不敢去看。有时碰到几年不见的朋友，也不愿意跟人家搭话。有个朋友的儿子在废墟中被救出，截了肢，成了残疾。这个朋友向金哥的妻子说起儿子学习生活多么艰难时，她就直杠杠地对人家说："你比我好过得多，总有娃娃喊你一声妈妈嘛！"说罢，她擦着眼泪，扭头就走了。

还有一回，金哥好不容易拉妻子去逛巴拿恰，遇到一群初中生娃娃说说笑笑地从身边走过。有一个女生，很秀气，笑起来很像他们的女儿。越看越像！金哥的妻子一下子看呆了，不知不觉就跟着人家走。不料，有个男生在后面问："阿姨，你要干啥子？"她才醒过神来。回到家里，又哭了一夜，枕头都湿了一片。

金哥的故事，听得大家眼圈发红，低头无语。

金哥说："有了'暖心家园'，我爱人参加了几次活动，开朗得多了。我想，既然我都能走出来，我爱人也会慢慢地走出来。"

石头哥接着金哥的话题，说到娃娃的事。

石头哥说："当过爸爸妈妈的人，才体会得到娃娃是命根子。失去了娃娃，心头就空落落的，觉得活着没有意思。"

精明干练的石头哥，曾在县运输公司管安检，修车、喷漆技术一流，也很能挣钱。他说："我喜欢法国大作家雨果的《悲惨世界》，那个冉·阿让也受过好多苦啊！"

石头哥的儿子当时十五岁，读初三。地震前，石头哥就跟妻子离了婚，儿子跟了他。儿子不想读书，想去跑车，自己去跟运输公司都说好了，石头哥硬不同意，把儿子弄回北川中学读书。结果，大地震一来，没跑出来。石头哥后悔惨了，说如果儿子当年去跑车，说不定就躲过了这一劫。

地震后头一年，石头哥在绵阳租房住，天天喝酒，喝得烂醉，好麻醉自己。儿子没有了，他真正陷进了"悲惨世界"。他无数次对老天喊叫："我好想我的儿子啊——天底下，只要有娃儿喊我一声爸爸，啥子痛苦都会忘掉！"

石头哥后来遇到一个川北农村出来打工的"翠花"，她离了婚有一个娃儿，说明她有生育能力。他们很快就生活在一起了。石头哥还花了几十万买房子，把"翠花"一家人从农村搬迁到了绵阳安家。他一心一意要娃儿，没在意房产证就只写了"翠花"一个人的名字。几年下来，"翠花"没生成娃儿，因为她一怀孕就吐得凶，简直要她的命。她的头一个娃儿也是输了半年液，冒险生下来的。算了吧，还是分开吧。可是，他们根本没有正式结婚啊——房子全归"翠花"，因为没有扯结婚证，石头哥只得净身出户。

石头哥花了几十万买了一个教训。这些故事，他也只能摆给"暖心家园"的兄弟姐妹听。"暖心家园"的兄弟姐妹没有一个人嘲笑他，还经常劝慰他。后来，他听了大家的劝，开始培养个人兴趣，收藏石头。他一有空就跑到河坝去寻找好看的、奇特的石头。大自然就是一位艺术大师，把奇石藏在乱石滩、荆棘丛那些不引人注意的角落。拣奇石，耗费了很多精力，他也从悲伤和颓废中慢慢走了出来。

桃桃说她也有过与石头哥同样的教训，想趁年轻，赶快嫁个人，生个娃娃。结果，对方根本就不想和她一起生娃娃，而是冲着她的新房子来的。那一场短暂的婚姻，让桃桃雪上加霜。桃桃明白了，光有婚姻，没得爱情，精神上、肉体上遭受双重折磨，简直是受罪。

地震之前，桃桃的生活过得相当好。丈夫经营家具厂，效益不错，自家还盖了大房子。后来，丈夫患病去世，懂事的女儿不愿去绵阳读书，愿意在北川天天陪妈妈。地震前一天是母亲节，女儿还给妈妈买了一瓶香水。桃桃说："想起女儿，她太懂事了，懂事得让人心疼！想得心痛的时候，就这样安慰自己——我曾经拥有世界上最乖最乖的女儿，她如果在天有灵，一定希望妈妈好好活着。这样一来，心头就好受些了……"

梳着短发，一身运动装的蓉妹，显得特别干练、利落。她让哥哥姐姐们先说，她在一旁静静地听，最后讲自己的故事。

她家住在王家岩山顶上，是个苦地方，爸爸重男轻女，只让两个哥哥上学而不让她上学。十几岁的她就嫁到擂鼓镇，没承想丈夫不仅好吃懒做，还是个烂酒罐。砍柴、担水、下地、煮饭，全靠蓉妹。丈夫脾气火暴，三天两头就动手打人，打得蓉妹一身是伤。蓉妹要不是看到女儿造孽，早就离婚了。女儿上学要交学费，丈夫把眼睛一鼓："老子没得！"为了让女儿能上学，蓉妹打零工挣钱，还跑去装煤。那是很重的体力活，连有些男人都累得受不了——为了女儿，她还得拼死拼活做。蓉妹的日子过得那么艰难，最大的安慰就是看到女儿一天天长大。女儿长得好看，成绩又好，还非常懂事。可以说，女儿不仅是蓉妹贴心的小棉袄，还是她的小太阳。

后来，蓉妹终于离了婚。大地震那天，她在永安一个朋友家吃酒席。中午酒席散了之后，她帮助主人家擦桌子、洗碗筷——要是她一吃完饭就跟车回北川可能也没命了。一些喝了酒的人在屋里打瞌睡。大震之前是小震，大家都没有跑。突然，震感强烈了，蓉妹大喊"地震了，快跑啊"，就冲出房了。这时候，地面就像翻起了浪一样，人站都站不稳。她亲眼看见一个大爷从房里冲出来，弯腰去捡掉到地上的烟袋锅，地上突然裂开了一个大口子，一下子就把他吞没了。

蓉妹疯狂地跑啊跑，赶到曲山镇小学，女儿就压在一片废墟下面，喊不答应了。预制板下面，还有两个学生在哭喊，其中一个是女儿的同学李月。听李月断断续续地说："我没有……看到琪琪……她可能跑出来了……"

蓉妹要动手去扒预制板，被志愿者拖开了——因为弄不好会造成二次伤害。她又哭又喊，控制不住情绪。当天晚上后半夜，一场大雨让她的心凉透了……一直守到15日，救援队来了。李月的左腿被压在预制板下面，已经坏死，而预制板根本无法吊开，医生只好冒险在废墟上做手术。蓉妹听见李月撕心裂肺地哭喊："别锯我的腿，我还要跳舞！"……李月被抬走了，剩下的几个学生也被抬出来了——没有蓉妹的女儿琪琪。她彻底绝望了！

蓉妹说，不晓得那些日子是怎么熬过来的。后来，她终于遇到了好男人——一个晓得心疼她的好男人，加上"暖心家园"兄弟姐妹的鼓励，她的日子一天比一天好过了。

最初，蓉妹很害怕看电视，特别是怕看女孩子跳舞——因为她的女儿琪琪也非常喜欢跳舞。她知道全北川都在夸琪琪的同学李月。从2008年北京残奥会到2022年北京冬残奥会，北川"芭蕾女孩"李月与命运抗争的故事，感动了全世界。

蓉妹还是在2022年北京冬残奥会闭幕式的直播中看到了李月。"我的女儿琪琪如果活着，也和李月一样高了！"蓉妹说到李月，擦了一把泪水。

玉竹说："我们也都看到了李月，是我们北川的李月——这个小姑娘太坚强了，经过了好多折磨，终于练出了让全世界的观众都拍巴巴掌的优美舞姿啊！"

金哥、石头哥、桃桃、蓉妹都表示："小李月，真值得我们学习。"

老书记一直在认真倾听。等众人都说得差不多了，他总结说："我们都是一根藤上的苦瓜。要说吃苦受罪，我幼年丧母、中年丧妻、晚年丧子，人生三大悲惨事，我算遇齐了。可能，命比你们更苦。只有熬嘛！再艰难的日子，我还是熬过来了。今天，大家把心头装的故事，讲出来，记下来，写成书，很有意义。一方面，可以鼓舞自己；另一方面，还可以留给后人看嘛。让后人晓得，啥子是大地震，啥子是大灾难，我们是咋个走出来的，让后人在遇到灾难的时候有正确认识，有办法对付。是不是？我一辈子坡坡坎坎，经过大灾大难，活到九十岁，不容易。你们问我，最恼火的时候咋个熬法？我就两条：一是拼命找事情做，累得人倒床就睡,让自己没得时间去唉声叹气;二是多关心别人。你说你惨,还有比你更惨的人。你看比你惨、比你困难得多的人是咋个活下来的。今天,'暖心家园'聚在一起摆摆龙门阵,我心头更敞亮、更快乐了。我还要好好地活,争取活到一百岁!"

大家用热烈的掌声,回应了老书记的话。

太阳偏西,光线正好,层层叠叠的群山,沐浴在金色的阳光里。俯视楼下,石椅村就展现在灿烂的阳光下。

阳光是蜜黄色的,照着一栋栋羌族风格的小院,玻璃窗反射着星星点点的光。阳光是温暖的,照耀着满山墨绿的枇杷林,也照耀着在"天然居"楼顶观景的"暖心家园"的兄弟姐妹们。

阳光下的石椅村就是"暖心家园",阳光下的北川就是"暖心家园"。

愿神州大地,处处都有"暖心家园"。

"果王"是怎样炼成的

2023年底,走进石椅村陈华全的农家乐"绿丰园",好像走进了一片工地。陈华全在忙着指挥重新装修,儿媳岑敏在清点材料,父亲陈云高在准备做饭,连八十多岁的母亲邵再芳也在用劈刀细细修整一根圆木。

石椅村最成功的经验是什么?说来非常简单——跟陈华全握握手吧,手掌上那四块老茧,又厚又硬,那分明是四个象形文字:天道酬勤。

这个脑袋圆圆的、经常笑眯眯的陈华全,论口才一般般,问啥他答啥,没多余的话。而比一切语言更生动的表达,是他的行动和业绩。他是干啥像啥的能工巧匠,更是石椅村名副其实的"果王"。

他修过车,挖过矿,打过工,当过村干部。就说开凿牛角岩,修筑大岩路,他是钻炮眼填炸药的好手。只是在矿山上干过活儿,学过这一手,就在家乡超常发挥。"巴炮""斜炮""心心炮""连环炮""小炮""大炮""底火炮"等，各种爆破方式，他都掌握得非常娴熟。大一点如立柜大小的石头，一炮炸成适合搬运的几小块；小一点如书桌大小的石头，就一支烟的工夫，砰的一声闷响，就魔术般地变成一堆碎石头。他和邵朝富放了上千次炮，无一次失手。三年修路，无一事故。飞石砸烂了山下公路旁的水沟，也仅那么一次。

修路之前，陈华全就开始种枇杷。一开始，陈华全根本不懂什么"有机""绿色"，他只知道，要想枇杷口感好，就一定要施天然肥料。于是陈华全一趟趟地往自己的果园里背粪水，把农家肥上足。他说，种果树和种庄稼，都要舍得下力气，千万不能投机取巧。

讲一个多年前的故事吧。

那一夜，全家在看电视。陈华全对电视剧、歌舞表演之类的节目不感兴趣，眉闭眼合，一副瞌睡兮兮的样子。晚间播天气预报时，他就来了精神，鼓起眼睛，紧盯屏幕，听得十分认真。

睡到半夜，有响动声，是陈华全起来了，兑农药，备头灯，准备去果园喷药。妻子问："咋个那么着急，明天白天去喷不行吗？""起风了，雨可能提前下，得赶在下雨之前喷药。"儿子、儿媳闻风而动，都从热被窝里钻出来穿好衣服，默默地跟着他把药水装好，拧开头灯戴在头上，背起喷雾器就出发了。

春寒料峭，寒气袭人。在黑沉沉的大山上，密密的果林里有四根光柱在闪耀。光照之处，药雾轻轻喷向了李子树雪白的花骨朵。陈华全不断叮嘱："不要喷漏了，不要喷多了。"儿媳岑敏却不断提醒他："爸，你小心脚底下，一步步踩稳当啊。"

一家四口，从半夜一直忙到大天亮。匆匆吃过早饭，又接着干。有邻居说："没见过半夜起来喷药的。"也有人猜测："不晓得这个陈华全使的啥子怪招。"

那天中午开始下雨。雨后，陈华全家的果园李花盛开。其他村民则不得不在盛花期喷药。那一年，陈华全家的桐子李大丰收，而村里多家农户歉收，有的甚至没有一棵树挂上果。

有村干部问陈华全，为什么没有提醒大家。陈华全笑笑说："我要是半夜三更喊大家起来喷药，肯定要挨骂，说我是疯子。电视上天气预报说有雨，说的是绵阳一大片，并没有说我们北川。何况，山上有小气候。绵阳下了雨，北川的山上不一定下。我是凭感觉，有风，下雨的可能性很大。如果我喊要下雨了，老天爷又没有下雨，咋个说？老话说：'师傅领进门，修行在个人。'县上派农技员来讲课，没得几个人认真听；乡上组织去成都龙泉山参观学习，个个懒心无肠。反正我是认真听了、认真学了的。人家讲过好多回:花前花后要喷药,花前喷药是关键。花开到百分之五时就要抓紧时间喷,药效能保持三个小时。遇到下雨,药力大减。如果在盛花期喷药,会影响授粉,无法坐果……唉!讲一百遍,不如做一遍。这一回,有了教训,以后就不会乱喷药了。"

在这之后,邻居们都很注意陈华全的动向,一步步地跟着陈华全的脚板印走。邻居们有什么疑问,陈华全也都会笑嘻嘻地耐心解答。

陈华全种枇杷,遇到过不少困难。

二十多年前,陈华全就认定了五星枇杷销路好,而且适合石椅村栽种,就平整了一块地来准备做试验。他去龙泉山买枝条,等第二天他兴冲冲地带了一捆枝条回家,一到地里就傻眼了——是哪个把这块地种上了玉米?

肯定是父亲干的事!情绪平复后,他再次平整了土地。父亲闻讯赶来,却跟他顶起了牛:"种枇杷?简直是搞空事!四五年才挂果!占了大圆桌那么一块土地,种玉米都要种六七棵,几年下米,收几十斤玉米,既保险又实在,咋个不行呢?"

陈华全反问:"玉米好多钱一斤?枇杷好多钱一斤?一棵枇杷树,一季至少也要收五六十斤果子。挣个一两百元,很轻松的事儿。你种玉米,做得到吗?"

父亲不甘示弱:"枇杷怕霜怕雪,又怕大雨淋,病虫害多得很,难得经佑(指照料),你能保证不扯拐(指出问题)?上一回,县上喊种啥子布朗李,挖大坑多上肥,结果呢?搞空事,把我们整惨了,你搞忘了吗?"

陈华全没搞忘那些"狗撵摩托,不懂科学"的教训。然而种枇杷不同。一是县农业局请专家对石椅村的土壤、日照做了科学分析,认为石椅村适合枇杷种植;二是石椅村到处都有野枇杷,果子虽小却很甜。这说明,只要品种对路,石椅村种枇杷定能成功。

陈华全耐心地给父亲做了解释,父亲也消了气,丢下一句话:"就这一块地试种!弄不好,就砍了树当柴烧!"

陈华全也不是天生就会种枇杷。他有些腼腆,头一次去龙泉山取经,他憋红了脸,开不了口。后来约上几个兄弟壮胆,终于能开口了。他心中明白,选好品种是关键。他一次引来七个品种,还花大价钱买了三根"最好的枇杷"枝条。经过对照,选出了最适合石椅村的品种。他总结说:脸皮要厚,腿脚要勤,反复多问,才算精灵。

这两年跟他搭档的陈建业说,陈华全善于学习,更善于琢磨。都不晓得,陈华全曾有好多次,独自去龙泉山取经。

陈华全还住进了龙泉山的农家乐。老板也觉得,这个面目黧黑的壮实汉子，不是来游山玩水的。一碗热茶下肚，陈华全对老板实话实说："上次县上带我们来这里参观过，当时是走马观花，看得不仔细，我这回是专门来向你拜师学艺的。"

老板得知石椅村山高坡陡，土地贫瘠，条件艰苦，这一位农民兄弟来学习，态度很诚恳，颇有些感动。于是，老板带着陈华全转田坎，在一片片果林中穿行。如何施肥，如何浇水，如何防涝，如何防病虫害……特别是如何修枝疏花，如何设计树形，都毫无保留地讲给他听。陈华全听得很仔细，一一牢记于心。

当时，桃子眼看要成熟收获了。老板一家人的腰上都别有BP机（寻呼机），老板和他的儿子、女儿手上都有台砖头大的大哥大。一万多块钱的大哥大，一家人就有三台！这让陈华全大开眼界。他说："老板的女儿，那么年轻，就拿着一台大哥大，我以为是装样子的，结果这个小女子的电话响个不停。她跟那些来龙泉山玩耍的客户都有联系，一树又一树又脆又甜的大白花桃，就在几天之内，装了箱卖了个精光。"

老板说："种水果，要靠天气；天气好了，经佑得好，挂果好，就等于票子挂在树枝上了，但这都还不算你的。如果销路没打开，果子烂了，卖不出去，一年的辛苦就打水漂了!所以,果子还没有摘,就要把买主搞定,那挂在树上的票子才算你的。"

一连几年,陈华全跑龙泉山,购买枝条,学习技术,还买来一大摞关于水果种植技术的书,反复翻阅,有了不少心得。说起枇杷从种植到销售的每个环节,如疏花授粉、修枝疏果、施肥浇水、除虫避害、套袋采摘、包装运输等,他无不精通。

但是,他对一切成绩,对未来,始终保持着"谨慎的乐观"。他总说:"归根结底,水果生产还是靠天吃饭。老天爷不高兴,连续几天红火大太阳,温度突然升高,枇杷提前几天熟透了。你正雇人采摘,突然连下两天暴雨,不用你摘,果子掉了一地。自家园子里,每天损失几百元,咋个不心痛呢!"

关于一些技术问题,他还拿了一把剪刀专门做了演示。

他家的院子里,有十几棵枇杷树,都结满了黄澄澄的果实。他随便掰弯一枝,说道:"修枝,是一项关键技术。你看,这一根小枝的几片叶子朝天长,把下面的叶子的光线挡住了,把它们一剪,下面几片叶子就亮出来了,光合作用就增强了。这下面一根小枝,叶子朝下长,被阴到了,本来就长不好,还浪费了养分,不如把它剪了。这样,养分集中在这些叶子上头,都层层错开了,横着长,每片叶子接

在石椅村，陈华全可谓"全能型人才"。自引种五星枇杷以来，他经过多年摸索和努力，终于炼成了"果王"。图为陈华全正在为枇杷疏果（摄于2023年）

受到的阳光都很充足。给果树修枝，就像给人理发一样，头发理得好，人看起来就精神。所以，只要看修剪，就晓得这一树果子收成怎么样。"

五星枇杷的种植，最终在石椅村形成了规模，同时，还向其他乡镇扩散。2016年，陈华全和陈建业共同投资四百万元，承包了小坝镇的三百亩山地，发展枇杷产业。那里的海拔比石椅村更高，山地呈斜坡状，日照更好，昼夜温差更大，枇杷分批成熟，更便于分配劳动力进行采摘。七年来，他们大种苕藤，压青沤肥，为提升土壤肥力打下了基础，终于迎来了2023年的丰收。

扩大种植面积，加倍地忙和累，"果王"还在不断地挑战自己。

"果王"的生活俭朴，衣着从不讲究，饮食从不挑剔。他懂得，事业越是红火，越要关心别人、善待邻里。他多次向本村的困难户赠送枇杷苗，还手把手地教邻村一位残疾人种枇杷。后来，这位残疾人完全脱贫，走上了小康之路。

他还说，有一天夜里，他突然醒过来，悟到一件事，就是龙泉山的老农说的："卖枇杷，不算辛苦。卖完枇杷，你才晓得辛苦！"

这是什么意思？

原来，摘完枇杷，就要马不停蹄地修枝，这样才会使来年的果子长得更好。想想也是这个道理：树上没有果子了，养分往哪里送？那些疯长的枝叶会抢走养分。这时候去修枝，把有用的枝叶留下，养分更加集中，来年的果子才会更加香甜。但是，这事想得到，却难以做到！

"果王"说："有的事情，你想得到，却硬是做不到。很多事情，永远达不到最好，我们只能努力做得更好一点。"

陈建业的回乡创业之路

> 陈建业，石椅村的枇杷种植大户。"5·12"大地震之后，他放弃了在深圳的高薪工作，返回家乡石椅村创业，与村民陈华全一起，承包了三百亩山地种枇杷。五年中，他先后投下巨资，从承包土地到压青沤肥，从栽种树苗到修枝疏叶，历经千辛万苦。2023年，枇杷终于挂果。面对丰收的枇杷，陈建业没有被喜悦冲昏头脑，始终保持着难得的清醒。

陈建业属于精力充沛、头脑灵光、敢打敢拼的农村青年。他学啥像啥：学打字，装有两千四百多个字格的字盘三天就能记熟；学修彩电，才十天半月就让师傅点头称是。他从小就对电子产品有着特殊的兴趣，从技校毕业之后维修过各种家电。进入新世纪，他信心满满，南下深圳，决心闯出一片属于自己的天地。

从2000年到2008年，他跟一帮志同道合的朋友闯出了一条路，干得风生水起。吃大苦，耐大劳，接大单，喝大酒。熬过通宵之后，一身疲惫被海风吹走；饥肠辘辘之时，一大盆辣子鸡被瞬间吃光……发现了新工艺、新材料，立即碰头研究；有了新思路、新方法，立即修订方案。那种生活，真叫痛快！

陈建业在一家电子公司任技术总工，凭着扎实的基础和精明的头脑，他拿着几十万元的年薪。正当他再接再厉，准备迈向更高的人生台阶之时，他的生活突然发生了变故。

2008年4月，他的妻子从深圳回北川，生下了一个白白胖胖的儿子。然而不幸的是，半个月后，妻子和半个月大的儿子就被埋在了北川老县城。同时遇难的还有陈建业的妹妹一家四口。当陈建业从深圳赶回北川，看着眼前的废墟，他双腿一软，跪倒在地……

年迈的父母失声痛哭，在地震中受了伤的女儿陈皓月也哭肿了眼睛。看着面前白发苍苍的父母和满脸稚气的女儿，陈建业突然觉得：这些年闯深圳，他欠父母的尽孝，欠女儿的陪伴，欠遇难妻儿的关爱，实在太多太多！在深圳挣钱虽多，但自己的根还在石椅村。父母难离故土，家乡也需要他这样的有为青年返乡重建美好家园。

他毅然决定：回乡创业！

受到地震破坏的石椅村，通过灾后重建，从废墟上站了起来。村民们通过辛勤的劳动，硬是找到了一条适合村子发展的道路——种植特色农产品和开办羌乡农家乐。特别是大五星枇杷的种植和销售，还形成了一定的规模。

陈建业先是回乡搞了一段时间的枇杷销售。小时候一起放过牛的陈华全大哥，已经在枇杷种植上闯出了一条路子，但规模小，于是哥俩一合计，决定合伙投资，在小坝镇承包三百亩土地种枇杷。那是一片从海拔一千米到一千五百米的向阳斜坡地，日照好，跨度大，果子从低山开始成熟，然后一步步采摘到高山，有比较充分的采摘时间。与当地村上签协议，哥俩的红色手指印一按，陈建业心里一咯噔，用手肘碰了碰陈华全，低声说道："哥，我俩没有退路了。"

自此，陈建业的心被牢牢地拴在家乡的土地上了。

先是整理土地，大种毛苕子，然后是一茬接一茬地压青。几年下来，那土壤变得黑油油、软绵绵的，一脚踩下去，土粒能掩盖脚背。

枇杷从种下到挂果，山下的平坝只需要三年，山上则需要五年。

每年，二十多户当地村民乐呵呵地来领土地租金以及在果园里干活儿的工钱，最多的能领五万多元。

五年时间里，陈建业先后投入了四百万元。特别是疫情期间，在极为困难的情况下，他立电桩，安照明线，把挣的钱都投到土地上去了。

陈建业说："别看我平时乐呵呵的，困难的时候，我也想打退堂鼓，甩手不干了。但转念一想，这要是败下阵来，那就是前功尽弃，输不起啊！"

2023年，小坝的三百亩枇杷收果十万斤，其中商品果七万五千斤。然而，丰产并不能算丰收，只有把枇杷全都变成现钞，才能算是丰收。

早些年，陈建业在深圳时就注意到，广东的荔枝早已进入"电商模式"，有通过手机直销散户的零售，有借助销售平台的大宗出货，销售方式多样、灵活且收发货迅速、便捷。石椅村要想实现枇杷的大规模销售，就不能像以前那样等着顾客或水果贩子上门来，而要通过便捷的电商拓展销售渠道，勇敢走出去。

陈华全的儿媳岑敏是个有心人，经营农家乐"绿丰园"多年，积累了两千多名客户，加上陈建业的两千多位朋友，"绿丰园"就成了一个拥有五千多名散户的直销点。

除了抖音直播进行网上直销，陈建业还通过好友"中国农村电商致富带头人"代表王华祁拓宽了销售渠道。

王华祁是北川人，年轻时，他背着背篼挨家挨户上门收购土特产，然后坐班车一趟趟到绵阳、成都等地推销，开始了自己的创业之路。他发现北川的腊肉特别好卖，就创办了一家公司生产、销售优质的北川腊肉。他虽然在"5·12"大地震中身受重伤，但硬是靠着顽强的毅力站了起来。而他的公司也让北川腊肉从"土货"发展成为年产值上亿元的大产业，并带动当地百姓致富增收。王华祁还牵头成立了电子商务公司，整合北川三十多家农产品企业，在天猫、京东等主流电商平台开设了旗舰店和"北川羌族馆"等，使当地农产品能迅速对接全国市场，而且通过电商平台的品牌引领作用，使当地农产品在激烈的市场竞争中脱颖而出。

在各大电商平台，北川石椅村等地的高山晚熟枇杷，因为与其他地区的枇杷销售季错开，加之个儿大、味道甜、品相好，所以非常好销。

枇杷成熟的季节，陈建业常常忙得没有歇气的时候。快递公司的货车就停在"绿丰园"的院子里。石椅村的大枇杷，上午挂在树上，下午摘下分拣后装箱运走，第二天就摆在全国吃客的面前。陈建业向客户承诺：保证四十八小时到货。

在枇杷收获的近百天里，陈建业每天只能睡四五个小时，手机打得发烫，嗓子说得嘶哑，体重轻了近三十斤，用他自己的话说："脑壳还没挨到枕头就睡着了！""一百天就减肥成功了！"

深夜，陈建业又一次被电话铃声唤醒——女儿皓月温婉而亲切的声音，让他睡意顿消。

十五年前，小皓月在地震中用手绢扎紧了流血的伤口，从死亡的缝隙中惊险逃生。之后，在各方的关爱下，皓月通过努力，考上了四川师范大学，后作为交换生前往法国。在法国期间，她给爸爸发来了不少照片，从埃菲尔铁塔到卢浮宫，从凯旋门到塞纳河畔，到处都留下了皓月自信的笑容。十五年过去了，那个曾经哭喊着要妈妈的小女孩，已经长成了亭亭玉立的大姑娘，如今在一家旅游公司任职。

女儿，总是牵引着陈建业的目光，让他憧憬着未来。

女儿问："老爸，今年枇杷丰收过后，你准备做啥子呢？"

陈建业说："准备好好补瞌睡，睡到日上三竿，太阳晒屁股。"

女儿说："老爸，你别睡觉啦，霉瞌睡越睡越多！到时我给你订电影票，跟我一起看电影去！你也要学学年轻人，抱一桶爆米花，喝着饮料看电影，多展现一些青春的朝气嘛。"

陈建业忙说："那好得很哟！哈哈……"

放下电话，陈建业想到，既然是陪女儿去看电影，那就得把头发梳整齐，把衣服穿周正，要显得风度翩翩才行。女儿让自己陪她去看电影，真是用心良苦！

看着满山的枇杷，有记者问陈建业："你们五年来坚持投入，今年第一次丰收了，有什么感想？"

陈建业摇摇头，笑中带着苦涩，说道："幸好我以前种过枇杷，说这是回乡创业，总还有点基础。但是，现代种植跟十年、二十年前完全不同了。过去，是把枇杷挑到市场上，对着买主吆喝；现在，是在网上推销，把自己枇杷的卖点宣传出去。"

说到石椅村的枇杷，陈建业更是胸有成竹："我们的高山晚熟枇杷，要一直卖到6月底7月初，这正好弥补了市场上此时段其他早熟枇杷销售过后的空缺。当然，我们还要充分展示我们晚熟枇杷的优点。我们前一阵子做了一个视频，把一个鸡蛋和枇杷放在一起，枇杷竟然和鸡蛋一般大。没想到这个视频在网上疯传——三颗枇杷八两多，太逗人爱了！消费者一眼就看到了我们的枇杷个儿特别大。加上高山上昼夜温差大，枇杷的糖分足、口感好，购买的人就更多了。若是第一单做成了，一定要稳住回头客。"

不过，陈建业对果农靠天吃饭的情况也有担忧："今年的商品果卖得好，达到了我们预期的目标。可是，老天爷是不会让你轻易成功的。计划好了，今天下午摘果子，晚上运到石椅村，拆袋、分拣、装箱，保证明天一早发货，时间都是卡好了的。可是，午后一场大雨，一下几个钟头，气得你跳脚。连采果的雇工都在喊：'老天爷，莫下了嘛！'要不，在小坝通往县城的山间公路上，车子堵得水泄不通。

我有耐心等，水果可等不得啊！所以说，今年三百亩枇杷刚开始收获，就被老天爷折腾惨了。明年、后年会不会再遭折腾，很难说啊。"

当被问及下一步打算做什么时，陈建业说："2023年仅仅是初战告捷，还谈不上是创业成功。我一想起还有上万斤达不到商品果标准的枇杷没有顺利实现销售就很心痛。这是因为同时期桃子、李子大量上市，水果经销商的视线发生转移，枇杷销售出现疲软，这是今后必须解决的难题。后面，我和华全哥准备修建一个冷冻库用来贮藏枇杷，这样就能避免浪费。再说，石椅村的枇杷生产，完全是靠劳动力的大投入，连八九十岁的老人也闲不下来，太累人了。这与发达地区现代化农业的差距太大了，今后我们还得加大农业科技的投入。此外，我们对枇杷的利用也非常有限。枇杷叶是一种很好的中药材，我们高山枇杷的叶子是不是比山下平坝的枇杷叶药性更好，可以去研究研究。还有，够不上商品果标准的大量果子是不是可以做成价廉物美的止咳饮料，也可以去研究、去尝试。"

最后，陈建业说："请所有关心我们石椅村的人放心，我们绝不会因为刚取得一点点成绩就骄傲起来。我们还有着远大的目标，会永不停步，继续努力的！"

天天是节日,天天在过节

> 羌族是一个历史悠久、文化灿烂的古老民族,在漫长的历史长河中,留下了许多丰富多彩、技艺精湛的非物质文化遗产。
>
> 近年来,石椅村依托独特的羌族文化特色,常态化开展多种文化活动,来石椅羌寨的游客,通过庄重的进寨仪式、热情的席间酒歌、欢快的篝火晚会,不仅能感受到年节的热闹气氛,还能在丰富多彩的活动中体味羌文化的独特魅力。

天放晴时,石椅山的山形,真像一把硕大无朋的"太师椅",矗立在蓝天之下。"太师椅"中间是一组,右边是二组,左边是三组。在山形"太师椅"核心区,有一片果园,果园之中有一处天然形成的双座石椅,座位宽大,有靠背和扶手,非常精致,真是罕见的大自然的杰作!

天生石椅是上天神谕——请人们来这里坐下,好好休息。

天生石椅是大自然馈赠给石椅村的价值无法估量的厚礼。

石椅村的得名据说源于村里有一处天然形成的双座石椅，其堪称大自然的杰作。图为深藏在果园中的天然双座石椅（摄于2023年）

　　走进石椅羌寨，最引人注目的就是一位身材魁梧的老人。他头戴礼帽，脚穿云云鞋，身穿鲜亮的绣花长袍，微胖的脸上始终带着自信的微笑。他就是年过八旬的羌族文化的"活文物"——母广元。

　　来到石椅羌寨的人都喜欢听他的讲解。

　　他步履矫健，声若洪钟，首先把人们引导至天然石椅面前，介绍说："传说，羌族至高无上的天神木比塔的女儿、美丽的三公主木姐珠,看上了人间勤劳善良的斗安珠,下凡向斗安珠求婚。他俩一见生情,准备私订终身结为夫妻。木比塔大发雷霆,绝不允许女儿与凡人婚配,并派天兵下凡将木姐珠押回天堂软禁起来。本以为女儿会心灰意冷,就此了事,没想到木姐珠天性刚烈,以绝食抗争。木比塔为女儿的决心所感动,最终恩准了她与斗安珠的婚事。为了表达对女儿的疼爱,木比塔在女儿成亲时将双座石椅作为陪嫁给了木姐珠。"

他口齿清楚,富于感染力,赢得了一片掌声。

抚着石椅,母广元说:"这是一张龙凤椅,象征着男女平等、互敬互爱、家庭和谐、幸福美满。"

于是,游客中的夫妻纷纷列队,坐在石椅上拍照留念。

游客们一边听母广元风趣的讲解,一边提问。母广元仿佛是一本"羌族活字典",对答如流。

耳畔响起了悠扬的笛声,人们自然会联想起"羌笛何须怨杨柳,春风不度玉门关"这两句流传千年的诗句。

问及古老的羌笛,母广元介绍说:"羌笛的制作极为讲究,做管身的油竹要在海拔二千米的高山上取得,砍下的油竹需要在火塘上烟熏一年以上。熏干的油竹制成笛管后,还要在清油里浸泡,使其具有持久的柔性,否则将影响音质。之后,是制作音孔和簧片。簧片的厚度也要均匀,否则就会影响发音。羌笛的制作难度大、周期长,近百年来,在北川已经没人能做了,只有茂县还有几位匠人有此绝技。"

北川人都晓得,母广元是"北川羌族歌舞第一人",他走到哪里,羌文化就到了哪里。

能歌善舞的母广元,还擅长演奏笛子、二胡等乐器。有人问他:"你的头脑中怎么能装下那么丰富的曲调?怎么能跳出那么多姿的舞步?"

他说:"我出生于北川都贯乡一个羌族聚居村,从小热爱羌文化。我们羌族人会说话就会唱羌歌,会走路就会跳沙朗。除了自幼的学习与积累,我还非常注意搜集和整理,把失传多年的羌族民歌完整记录下来。长期关注并做一件事,总会做出点成绩来的。"

位于北川北部山区的五龙寨是羌族聚居地之一,羌族文化氛围浓厚。2002年,当地开办了一家文化公司,以庆羌年为载体弘扬羌文化。该公司邀请母广元负责羌文化展演节目的策划和主持,母广元欣然应允。在母广元看来,当好节目主持人,关键要深入挖掘羌文化内涵。他在五龙寨期间,将流传民间的山歌、民歌、情歌等收集起来,经专家筛选,整理成《羌山情歌》一书。后来,他又收集了流传在当地的神话传说和民间故事二十多篇,整理成《五龙寨里的传说》一书。

2008年6月,母广元被列为传统民俗"羌年"省级非遗传承人。经北川、茂县、汶川、理县四地联合申报，羌年于2009年9月被联合国教科文组织列入《急需保护的非物质文化遗产名录》。2024年12月，羌年被联合国教科文组织从《急需保护的非物质文化遗产名录》转入《人类非物质文化遗产代表作名录》。

2009年，母广元来到石椅村后提议，村里要常态化开展羌文化活动。在他的指导下，村里把羌年、转山会、羊皮鼓舞、口弦、羌笛等非遗项目作为重点传承，每年举办采茶

母广元研究羌文化几十年，是北川公认的羌文化传承人。为了弘扬羌文化，石椅村特地请来母广元进行指导。图为母广元带领大家跳沙朗（摄于2023年）

节、枇杷节、年猪节、瓦尔俄足节等文化活动，石椅村天天都像在过节。

旅游，本质上来说就是"新鲜的耍法"。

在羌族风情浓郁的石椅村，游客们享受到一种"新鲜的耍法"。旅游业迅速发展，水果不愁销路。每年的采收季节，水果就会被游客抢购，游客亲自上树采摘，下树称秤。比如枇杷，最初投入市场每斤是五到七元，2013年，石椅羌寨举办了首届枇杷节，每斤飙升到十五元。现在，最好的枇杷能卖到每斤二十五元。石椅村的民俗风情、生态环境、农副产品等资源优势，推进了农文旅融合发展，村民人均收入年年见涨。人们都说："石椅羌寨，让人笑得合不拢嘴……"

2023年仲春，俄罗斯画家一行十一人，在礼炮声中拾级而上，走向石椅羌寨。按古老的迎宾仪式，他们喝下香喷喷的咂酒，还被挂上一条条鲜艳的羌红，一张张笑脸上，满是春风与阳光。

画家们心潮澎湃，都有一种挥舞彩笔的冲动。最后，由沃伊诺夫院士完成了大幅油画——

一排笑靥如花的羌族姑娘，站在高高的石阶上。姑娘们背后，彩旗飘飞，感觉得到，热烈高亢的歌儿已经唱起来了，热情欢快的篝火已经燃起来了。母广元站在石阶最高处,拱手施礼,邀请来客走进羌寨,共度美妙时光。

在石椅村采风的这段日子里,俄罗斯画家们的感觉是,几乎天天都有喝不完的咂酒,天天都有唱不完的欢歌,村民们好像天天都在过节。所以,沃伊诺夫院士将这幅油画起名为《节日》。

2023年的五一节假日期间,一百零四户人家的石椅村,接待游客一万五千多人次,旅游收入三百四十多万元。人们目睹了游客爆满,小车连成彩带,在盘山路上"飘舞"的盛况。

自2009年来到石椅村,转瞬之间十四年过去了,母广元已经八十二岁了。可喜的是,陈艳、杨荣兰等十四名弟子已经成为他的歌舞传人。整个石椅村,男女老少都成了舞蹈家、歌唱家。

陈爱军的女儿陈新一,辞去县融媒体中心的工作,回到了石椅村。她认真学习母广元师爷的一招一式,经常客串讲解员。

她身穿合体的羌族服装,更显活泼灵动。青春的笑容加上字正腔圆的普通话,让游客们赏心悦目。这是石椅羌寨又一道亮丽的风景线。

画出中国人幸福的样子

> 我的案头,放着两本旧书,一本是《赵树理小说集》,一本是克非的《春潮急》。赵树理教我如何讲故事,克非则教我如何从泥土中提炼语言。写到"卡壳"时,翻看俄罗斯画家笔下的油画,很受启发。画家,坚信自己的艺术直觉;作家,则坚信自己的切身体验。当我看到沃伊诺夫院士的那幅《窗前》时,我认为,我写的石椅村的故事,都是在为这幅油画杰作注释。

2023年5月18日是第四十七个国际博物馆日,这一次博物馆日的主题是"博物馆、可持续性与美好生活"。紧扣主题,5·12汶川特大地震纪念馆隆重推出"大灾巨变·锦绣家园"油画艺术作品展。

这一天,阳光灿烂,沃伊诺夫院士心情很好。在中国清明节后的一个多月里,他带领的画家团队仿佛亲历了一场大灾难,穿越了时光隧道,让灾后十五年的日子慢慢"回放",实实在在地体验到了北川县石椅村这块"最中国"的土地上的村民们灾后重建的美好生活。当一百多幅油画展开之时,连沃伊诺夫自己也被感动了:"真是不可思议,这些神来之笔是怎么来的?完全有一种与中国兄弟的心灵感应!"

而让沃伊诺夫更惊喜的是,他见到了心中的英雄——经大忠。

经大忠面色黧黑,目光炯炯,握手有力。他非常感谢沃伊诺夫院士一行的辛勤创作,感谢他们用生动的画笔讲述了"北川故事""中国故事"。

沃伊诺夫说:"首先是有关你的那些故事,让我们非常感动。"

一个多月以来,俄罗斯画家们一边画一边思考:中国凭什么战胜灾难?中国凭什么迅速崛起?在石椅村,他们找到了部分答案:在悬崖上开凿出大岩路的勇士;在果园中修枝的八九十岁也闲不住的老人;整天忙碌着为客人们做出美食的主妇;还有边采茶边唱歌,把劳动诗意化的采茶女——整个石椅村,找不到一个闲人。他们看到了中国农民,是那么勇敢、勤劳、淳朴、善良。

通过与石椅村基层干部的深入接触,沃伊诺夫意识到,中国共产党的基层组织,强有力地推动着农村的经济发展和社会进步。党员干部,非常重要!

沃伊诺夫还清晰地记得一个多月前听纪念馆解说员讲的经大忠的故事。

2008年5月12日下午，北川县委礼堂正在举行表彰大会，山崩地裂的那一刻，会场大乱。县长经大忠大喊："党员干部留下，让学生先走！"一百多名参加演出的中小学生迅速、有序、安全撤离，创造了奇迹，感动了中国。

作为县长，经大忠果断指挥，以最快速度将县城里的八千多名幸存群众集中在安全区域。全面的救援工作展开以后，经大忠成为北川抗震救灾前线指挥部副指挥长，始终战斗在第一线。

2008年5月14日下午，经大忠带领救援人员在废墟中救出了一个小女孩。当他抱着孩子往担架跑的时候，孩子一直在哭泣。经大忠摸着她的小脸蛋，安慰她："别怕，孩子，爸爸救你来了！"这一幕，让在场的所有人动容。

地震发生后，六位亲人遇难的消息也没有让经大忠停下脚步。他说："群众是我们的兄弟姐妹，只有我们舍命，被埋的人才有更大的希望获救。"

经大忠被评为"感动中国2008年度人物"，颁奖词说："千钧一发时，他振聋发聩，当机立断；四面危机时，他忍住悲伤，力挽狂澜！他和同志们双肩担起一城信心，万千生命。心系百姓、忠于职守，凸显共产党人的本色。"

作品展开幕式结束后,经大忠在沃伊诺夫的陪同下,走向画展大厅。

一组以"救灾"为主题的油画,表现了决不向灾难低头的中国力量——身披雨衣的解放军战士,伸出双手当传送带,将伤员从死亡的缝隙中抠出来,送上救护车。在铁青色雨衣渲染的冷色调中,一双双暖色调的手,非常突出,让人在痛苦中看到了希望。

这是最有力的军人肩膀,抬着担架闯过独木桥;这是最有力的直升机翅膀,载着伤员争分夺秒,冲出死亡的阴云……

经大忠和沃伊诺夫在一幅油画前驻足细看,这是沃伊诺夫的夫人沃伊诺娃的作品,它让经大忠想起了北川震后在地震棚中第一个婴儿出生时的情形。当时余震不断,给产妇造成了极大的心理压力,分娩的过程非常艰难——沃伊诺娃介绍说,她创作这幅油画,也如同分娩——但是,新生命很顽强,勇敢地来到了人间。抱着婴儿的护士应该是什么样的表情呢?最初,沃伊诺娃画的是护士眉目含笑,一副十分欣喜的表情。沃伊诺夫看了之后,皱了皱眉头。几易其稿,沃伊诺娃终于完成了这幅作品——《新生·希望》。它寓意着北川的新生和希望。

画中怀抱婴儿的护士是黑眼圈,非常疲惫,仿佛连笑的力气也没有了。这才是真实的景象——唯有真实，才能震撼！

大地震过去十五年了，北川如凤凰涅槃，浴火重生。俄罗斯画家用多彩的笔，画羌绣姑娘，画采茶女，画北川新城、巴拿恰集市、古老的碉楼、丰饶的田野，画完之后，沃伊诺夫总觉得还缺点什么。

还缺一幅有着深刻内涵的作品。

沃伊诺夫一直想要画一幅画，着力表现中国人幸福的样子。

那是经过大灾大难严峻考验之后获得的幸福，那是一代又一代人艰苦奋斗赢得的幸福。幸福，不是对今天成功的沉醉，而是对未来怀着更多的期待。

一天，在石椅羌寨做清洁的羌族妇女，为沃伊诺夫打扫画室，一束淡淡的阳光斜照在她的脸庞上。沃伊诺夫突然有了灵感，请清洁女工暂停片刻……

经大忠和所有参观者伫立在沃伊诺夫的作品前，这幅《窗前》是一百多幅油画中最为抢眼的作品。

沃伊诺夫用细腻的笔触，描绘了一位美丽端庄的羌族妇女的侧面。她正轻轻推开玻璃窗，不远处，寨门、灯笼隐约可见。她眼角边的鱼尾纹，游过了岁月沧桑，让人联想起她所经历过的种种苦难。而她深邃的目光投向了很远的远方，

历史悠久、绚丽多彩的羌族文化，为石椅村的发展增添了独特的魅力。勤劳勇敢、自强不息的羌族妇女，正在用双手创造美好，把自己的日子越过越红火。图为俄罗斯画家沃伊诺夫创作的油画《窗前》（摄于2023年）

微笑中透出自豪、自尊与自信。

这幅画，能读出太多的象征意义。很显然，羌族妇女要看外面的世界，也大大方方地欢迎外面的世界看到她，并能真正读懂她。

沃伊诺夫说："这就是中国人幸福的样子！"

云朵的滋味，大山的羌调

2022年，中央广播电视总台、文化和旅游部联合推出的文旅探访节目《山水间的家》一经播出，便受到广泛好评。2023年6月，《山水间的家》第二季第一期节目摄制组在采收枇杷这段最忙的日子来到石椅村，确实让村民们忙上加忙，但他们心里却是甜的。

这期节目，用央视的广角镜，全景展现了黄金果挂满枝头的丰收美景。

节目中，撒贝宁、李敬泽和陈数吃枇杷的场景，让亿万观众感受到了这个云朵上的村庄的幸福和甜蜜。

中央广播电视总台的节目主持人撒贝宁来了！

中国作家协会副主席、中国现代文学馆馆长李敬泽来了！

影视演员陈数来了！

在一年之中最快乐也是最忙碌的枇杷收获与销售的日子里，《山水间的家》节目摄制组来到了石椅村。与以往的拍

摄方式不同的是,撒贝宁、李敬泽和陈数完全融入了村民之中,观众跟随这些"新村民"的视角"真听真看真感受":

他们和党支部书记陈爱军、羌文化传承人母广元一起开坝坝会,讨论如何把石椅村第十一届枇杷节办得更热闹,更有收获;他们在陈华全、岑敏的指导下,一起爬上树,比赛采摘枇杷,看谁先摘满一篮子;他们投入身穿民族服装跳沙朗的队伍,尽情歌舞;他们和"绿丰园"的三代人陈云高夫妇、陈华全夫妇、陈虎夫妇一起做饭,一起坐在院坝里摆龙门阵,谈种水果、办农家乐的收获,亲亲热热就像是一家人……

《山水间的家》展示的那些细节,比如岑敏给他们示范一只手捏着果把,另一只手剪下果实,还要小心别碰着果皮上的茸毛,还有陈数爬上树摘枇杷时的颤颤巍巍,爱出汗的李敬泽不时被汗水刺痛了眼睛,撒贝宁执意要往高枝上爬,悬吊吊地,却仍然没摘到树梢上的果子,完全把观众带到了采摘黄金果的现场。所以,当他们吃着又大又甜的枇杷时,观众的腮帮子也会发酸,忍不住咽下口水——观众也和三位"新村民"一起,品尝到了生活的甜蜜。

面对满山的黄金果,陈数感慨:大自然大部分时候是公平的,只要你播种,总会有收获的。

李敬泽吃着枇杷,不禁吟诵起杜甫《田舍》中的两句诗："榉柳枝枝弱,枇杷树树香。"他还说,四川是枇杷的主要产地,史书上早有记载。

2023年8月5日,《山水间的家》第二季第一期关于石椅村的节目在央视播出,一时间好评如潮。全国观众在撒贝宁、李敬泽和陈数的带领下领略了山水有情、田园生机、温暖乡愁,全方位感受到乡村振兴的澎湃活力。

没能在央视节目中播出的,是传遍石椅村的拍摄花絮,其中精彩的有:

陈华全是勤快人,他的父亲陈云高更勤快;陈华全是能吃苦的人,陈云高更能吃苦。6月,是枇杷丰收的季节,"绿丰园"是石椅村的枇杷集散地之一,枇杷在这里定级、分拣、装箱、发货,每天要卖出数千斤至上万斤。除了接待零售的客人,还要争分夺秒将至少三百箱鲜果发往全国各地。哪怕雇了十几个人,日夜加班加点都搞不赢。

因为"绿丰园"在游客中有好印象,有一天突然来了一大批客人,递上办二十桌席的大订单,陈华全婉拒了:"对不起啊,实在是忙不过来了。"

陈云高却说:"我来做。"老爷子硬要做,谁能阻挡?

陈云高是远近有名的厨师,八十多岁了,身体还很硬朗。但是,要办好二十桌席,每炒一样菜都是一大锅!陈云高正忙得不可开交,撒贝宁一行人来到"绿丰园"。撒贝宁还没来得及采访陈华全,就被陈云高吸引了过去帮忙。

只见柴火熊熊,油滚锅辣,陈云高的大勺飞铲,动作娴熟,三铲两铲,便已菜香扑鼻。撒贝宁立即找到自己的"岗位"说:"你炒菜,我来帮你撒盐巴。"于是,在热气蒸腾的大锅边上,陈云高一边炒菜,一边指挥着撒贝宁撒盐巴:"再撒点,再撒点——好了,够了。"

2023年6月,若有人问:"石椅村的人到底有多忙?"

回答是:"陈云高炒菜,硬是忙不过来,专门请央视的撒贝宁来——撒盐巴!"

"石椅村请撒贝宁撒盐巴",成为2023年枇杷节期间的美谈。

6月13日,艳阳当空,石椅村第十一届枇杷节在石椅羌寨举办。当地十多家农户挑出了自家种的最大最好看的十颗枇杷,一家一家过秤,比重量。最终,陈华全的儿媳岑敏捧出的参赛果子,以十颗枇杷重一点零六公斤的成绩获得"枇杷果王"的称号。许多果农围上来细细观赏,只见每颗枇杷大如鸭蛋,实在惹人喜爱。

怎么有这么大、长得这么好的枇杷呀?人们记得,去年和前年,也是出自"绿丰园"的枇杷荣获"枇杷果王"的称号,怎么今年又是"绿丰园"夺冠啊?因为,陈华全的参赛枇杷是万里挑一。

石椅村种植有一千二百亩枇杷,每年枇杷丰收时节,村里都会举办枇杷节,评选出"枇杷果王"。图为2023年枇杷节时,村民们正捧着各家的大枇杷参加评比(摄于2023年)

石椅村种枇杷的人家,少的三五亩,陈华全家本来就人多地多,包括代种的,共有二十多亩。他和陈建业还在小坝镇承包了三百亩山地,倾注了七年心血,如今已进入产果旺季。从成千上万颗枇杷中"海选"出来的枇杷,怎能不称王?

与陈华全搭档的陈建业笑呵呵地说:"种枇杷,卖枇杷,是一种很好的减肥方式。一季做下来,我的体重就从一百六十三斤减到了一百三十六斤!"

经过了解,从5月到7月,近一百天,他们每天只能睡四五个小时,有时忙个通宵,组织采摘、运输、分拣、包装,每天车不熄火、人不歇脚,那是怎样的累法?再看全村,在摘枇杷的日子,快递车守在盘山公路上。家家户户,手机铃声不断,灯光亮到深夜甚至天亮。累啊,真是累,但眼看着微信、支付宝上跳动的数字,又有一种抑制不住的兴奋。这真是累并快乐着!

谈到在石椅村的收获,撒贝宁说:"这个节目给我最大的礼物,就是让我知道了人的内心有一种追求和动力。我个人的理解,'幸福感'就是有盼头,愿意去做一些事,愿意为了未来去打算、去努力、去做计划。"

陈数也谈道:"来到这里,我觉得特别有'幸福感'的就是,我看到了我们这里的村民,看到在这里生活的人们,现在身上带来的那种积极、乐观,而且对于自己未来的生活充满信心。这种积极的力量让第一次来到这里的我备受鼓舞。"

李敬泽将参加2023年石椅村枇杷节的感受,浓缩成颇有诗意的十个字:"云朵的滋味,大山的乡调。"

仲夏的黄昏和暴雨后的清晨

在石椅村，最难采访到的是陈爱军——他太忙了，往往是刚说上几句手机就响了，要不就是一再爽约，实在没有时间给我一个大的特写。我只好请他的妻子车春华和女儿陈新一讲一讲他的故事。她们思来想去，也不知说啥好。最后，车春华说："好不容易，他挤出时间，带我看了新修的旅游线路……"陈新一说："只要下了暴雨，爸爸必然早起……"

于是，我在一个仲夏的黄昏和一个暴雨后的清晨，为陈爱军留下了两幅剪影。

那天中午，陈爱军回家，急匆匆吃了饭，打了两个电话，就说："今天放半天假。"

车春华回了一句："放了假，就好好补一下瞌睡，下午就扯抻（指痛快）睡一觉嘛。"

陈爱军说："陪我走一趟，去景家山看看。"

车春华问："去景家山干啥子？"

陈爱军说："你跟我走嘛。"

不晓得陈爱军怀着啥子"鬼胎",硬要车春华陪他去逛一逛景家山。

车春华曾埋怨陈爱军一天忙得不落屋,晚上一回家倒在床上就打呼噜。今天,丈夫专门安排时间,让自己陪他走一走,车春华反而有点不自在。

陈爱军大步走在前面,车春华加快脚步,一把就牵住了丈夫的手。

一路上,碰到乡邻打个招呼。大家可能是看惯了拴着花围腰为客人炒菜做饭的华儿,或是开着车风风火火去菜市上采购的华儿,或是身穿羌族服装唱歌跳舞的华儿……突然,华儿换了一身酒红色的职业装,戴上两只珍珠耳环,显示出一种特有的气质,让人眼睛一亮。有人惊呼:"哇,华儿今天好漂亮!"有人起哄:"华儿,你要到哪儿去?这一身打扮,太好看了!"

石椅村二组处于石椅山与景家山交界处。在悬崖上的大岩路没有凿通之前,有一条赶场的小路通往玉皇山村,村上有公路通往县城。那小路,留下了鲜活的青春记忆,让车春华想起来就禁不住脸红心跳。

小路旁有一大片树林,清幽僻静,是青年男女约会的好去处。那里留下了爱军的勇敢表白和华儿的娇羞回应。

那里有一口龙王井,一股清泉哗哗地流,旁边还有个水池，曾是姑娘媳妇洗衣服的地方。华儿就是在哗哗的水声中，听到了传遍全村的"流言"："陈二娃娶了个城里的妹儿，她肯定住不上三个月……"天旱时，清泉变成筷子那么细一股水流，华儿曾在排成长龙的队伍中通宵等候，这也是她嫁到石椅村后的又一次严峻"考验"。

那里还有一片竹林，年轻的妈妈华儿曾忙着挖竹笋。她想多挖一些，一是女儿喜欢吃竹笋炒肉片，二是多余的竹笋还可以背到县城卖，挣点零花钱。在竹笋多得背不动时，小豹子一样精力旺盛的陈爱军，冲到竹林里来接应了。

在那里他们常遇到一些背着一大背篼柴火的老人，那满脸的沟壑刻下的是生活的艰辛。望着那些老人的背影，听着那沉重的足音，陈爱军和车春华下定决心：我们这一辈，无论如何也要赶走贫困！

此时，让车春华眼前一亮的是，一条旅游观光路，在压路机隆隆的轰鸣声中，从石椅村延伸到玉皇山村。观光路十分平缓，不宽不窄，适合情侣手牵手，不费什么劲就可以穿过一大片茶园、果园。几个转弯处，视野特别开阔。山风轻轻吹拂，白云缓缓飘过，仿佛舍不得离开这一座座青翠的山峦。

难怪，陈爱军这几年来说得最多的就是修路、修路、修路。

悬崖上的路，曾让送亲队伍望而生畏，提前大撤离，让陈爱军受到了一生难忘的刺激。

2023年，石椅村已经全部铺上柏油路，还完成了大岩路的排危工程，让旅游大巴能通过大转弯，顺利开上石椅羌寨。而经过修缮整治，石椅村将进一步连通国家级、省级公路干线，即盐（亭）茂（县）高速和安（州）北（川）高速。小小的石椅村，一旦完全与高速连通，必将加快速度腾飞。

石椅村人心中念着高速公路，还进一步加快了自家果园小路的建设。2023年，可通三轮车的小路通往了每一家的果园。这不仅让果农告别了肩挑背扛，也方便了观光游客林中散步，欣赏风景，采摘果实。

车春华和陈爱军，就走在这样的观光路上。过去，景家山的人瞧不上"穷得打鬼"的"石椅子"；如今，"石椅子"大红大紫了，却伸出一只手——将观光路延长到景家山，玉皇山村和石椅村将携手并进，迎接未来。

车春华和陈爱军，走向压路机刚碾轧过的新路。工地上尽是熟人，纷纷跟他们打招呼："陈书记，不放心哇，还把娘子请来验收？"有人开玩笑说："人家明明是在谈恋爱，压马路的嘛！"

一阵哄笑，让华儿满脸涨红。

夕阳西下，那大山，那树林，那新路，都沐浴在一片金色的光辉里。爱军回眸一看，伫立在晚霞中的华儿，真像初嫁石椅村时那个娇羞的新娘。

一夜风急雨骤，电闪雷鸣，让新一睡不踏实。天刚蒙蒙亮，她听见隔壁有响动，小狗"果冻"呜呜地低鸣了几声，像是不满意有人吵了它的甜梦——原来是爸爸起床了。这么多年，新一已经习惯了，只要是下了暴雨，爸爸一定会早早起来，开上他那辆"公务车"，从"陈家大院"出发，沿盘山公路，巡视石椅村。

"公务车"是车春华的幽默说法。因为陈爱军当上了村支书，跑镇上、县上的时候就多了，加上石椅村三个村民小组，各家各户住得分散，没有好的交通工具不得行。夫妇俩经过商量，就买了一辆越野车。私家车变成了"公务车"，一跑就是十来年，四十多万公里，轮胎都不知道换了好多次。这不，听，发动机已经带有一点老人咳嗽的喀喀声。"公务车"快要变成老爷车了。

雨后的石椅山，青翠欲滴。吸几口新鲜空气，泉水般清凉。山风吹来，提神醒脑，让陈爱军顿觉精神抖擞。

有地质专家说过，大地震之后，山的骨架都抖松动了，有的地方破碎如桃酥，表面上看草木丰茂，一下起雨来就可能暴发山体滑坡或泥石流。陈爱军牢记专家的忠告，高度警惕，养成了暴雨之后必定巡山的习惯。这些年，他多次遇上公路塌方，树木折断倒在路上形成路障，还有霜雪冻路形成"桐油凌"的危险情况。

比如，每下一场暴雨后，村民夏传斌家的屋基总要下沉几厘米。多次挖开修缮，仍然不能止住下沉的趋势。村两委经过商量，请来了专业的工程队，对山体动了个"大手术"，屋基下沉的隐患才彻底消除。

又如，一棵树正好倒在弯道上，没有经验的驾驶员猝不及防，一个急刹车就会酿成车祸。隐患被及早发现，尽早排除，让全村人和游客平安出行，这也是作为石椅村的当家人要时刻挂在心上的一件大事啊！

车轮沙沙地响，好像是对黑黑的柏油路面深感满意。

一拐弯，一上坡，路边有一个垃圾分类站。这样的垃圾分类站，全村有很多个。一个个黑色的、绿色的、蓝色的、红色的垃圾桶，并排而立，标志着石椅村已经开始实行垃圾分类了。但是，怎样让村民完全养成到指定的垃圾桶分类倒垃圾的习惯，怎样让家家户户都主动缴纳垃圾处理费，村干部没有少磨嘴皮子。有些不满意的村民说："石椅村又不是大城市，人家城里人都没有把垃圾分类搞好，我们咋个搞得好！"更有人发牢骚："老了硬是穷惯了，硬是搞不醒豁垃圾分类！"

穷惯了，于是生出了许多恶习。这让人想起不远的昨天，阴暗狭窄、从不打扫的老屋，有的还是人畜共居，哪有倒垃圾一说，垃圾分类更是无从谈起。遇上下雨天，粪水四溢，臭气熏天，谁也没有针对"肮脏"提出不满啊。积习甚深，短期怎么能改变？

县上的一位驻村干部说："从垃圾分类站的建立，最后到正常使用，简直就是一场革命！"

针对垃圾分类一事，村民们看到，当年那个脾气火暴的陈二娃不见了。这几年，在无数次协调关系、解决纠纷、宣讲政策、为民办事的过程中，陈爱军被夹磨（指折磨、折腾）得没脾气了。

再拐一道弯，就是一栋四四方方的楼房，楼顶上，"云朵山庄"四个大字格外醒目。天这么早，就有大货车开到山庄前卸货，车上全是建筑材料。

陈爱军的车，从"云朵山庄"前缓缓驶过。

仿佛有谁一声令下，2023年枇杷、李子卖完之后，"云朵山庄""绿丰园""富兰山庄""花果山庄"等好几家农家乐全部开始了升级换代的大装修，还有新投入建设的"鑫羌民宿""裕锦山庄"也在挖地基、起楼房。

在2023年的一次汇报会上，陈爱军汇报说："目前全村已建成枇杷基地一千二百亩，间种精品苔子茶、桐子李八百亩。今年上半年全村高山枇杷产值达到一千四百九十万元，销售额同比增长百分之九点二；苔子茶销售额达到二百六十万元，同比增长百分之十五点五六……"

比陈爱军的汇报更生动的是陈继述的受访。这位平时不善言辞的老哥子，对着电视台记者的镜头却很放得开，灿烂的笑容很有感染力。他说："我们家5月卖枇杷，卖了六万多元；7月卖桐子李，卖了五万多元。我们家种了十几年的水果，现在水果完全不愁销路，一部分被游客买走，另一部分商贩上门收购，可以说供不应求，价格也很理想。"

有了水果丰收的经济效益，加之乡村旅游的持续升温，特别是陈艳大胆贷款，建成了风格独特的"尔玛人家"，开业以来一直火爆，上千元的高档房还一房难求，石椅村的村民明白了：现在的城里人，对乡村旅游的要求已经发生了很大的变化，不仅要吃得好，要得安逸，还要住得高档。有党支部副书记陈艳带了个好头，2023年，石椅村进入了新一轮的建设高潮。

连通石椅村三个村民小组的道路呈"Y"形。二组和三组分别位于左边和右边。陈爱军的车在二组的山顶上掉了一个头，朝着三组开去。

大建设需要大投入，就需要贷款，每个月还贷就有压力。这压力会变成动力，让石椅村的村民们更加勤奋努力，更加讲究科学，更加爱惜自己的名誉……

陈爱军踩了几脚油门，越野车连爬了几个坡，驶到陈继述的家门口，停住了。

陈继述说："昨晚雨下得大，有些新栽的树苗倒了——我们组没其他啥子情况。"

陈爱军的车再次启动，一直开到"天然居"老书记何国发的家。

只见两个熟悉的老人相互依傍着，正朝山坡上的家走去。陈爱军轻轻按了一声喇叭。

何国发一转身看到了陈爱军的车，脸笑成了一朵花。

陈爱军立即下车。他见老书记两脚泥巴，一身稀脏，一双长满老茧的手，有两根手指的指头上还贴着创可贴。

陈爱军感到特别心疼，说："老书记啊，你都九十多岁了，咋个还这么干呀？"

何国发说："昨晚下了大雨，我去果园看了看。又没有做啥子事，就当散步一样。"

赵秀英对陈爱军说："他硬是闲不住，天一晴下来，他就要朝地头走。"

这是全村的最高处，一团团白云从半山腰升起来，给人温暖、柔和的感觉。被采尽了果实的树林，正蒙着云被酣然大睡。整个石椅村沉浸在宁静、祥和的晨光之中。

陈爱军挥手告别老书记夫妇。他知道老书记心里在想什么,虽然老书记什么也没说。

路有些滑,沿盘山路下山,陈爱军开得格外小心。突然,什么东西将他的目光一绊?

他停下车,走到路边,看到一块巨石兀立在一片茂密的枇杷林中。

巨石上镌刻着"5·12"三个让人心跳的阿拉伯数字。这块巨石是十五年前从山顶崩下来的,当时它就像一辆重型坦克,撞屋毁田,一路猛冲,最后在村民刘书银家的一片果园中停了下来,变成了石椅村的一个地标。

十五年了!枯黄色的巨石长满了青苔,并随着周围的果树林越来越茂密而显得越来越矮小。

十五年了!在石椅村,翠绿不断淹没枯黄,生机不断淹没死寂,幸福不断淹没苦难,信心不断淹没绝望!

陈爱军的目光从巨石移到远处的山峦,只见一轮金色的太阳正从天边升起,给石椅村投下万道灿烂的光芒。

石椅村，站在新的起点上

我很想了解石椅村的未来。

陈爱军说："北川县委常委、曲山镇党委书记丁猛，是北京大学的硕士研究生，很有水平。你一定要找他谈谈。"

我打电话询问丁猛，可否借到成都开会的机会摆摆龙门阵。他说，震后山体土质疏松，山区突降暴雨容易引发严重灾害，从县里到乡镇再到村上，每年从5月到10月，各级干部都要严防死守，一把手不允许离开曲山镇。

2024年5月，我再次来到石椅村，终于见到了丁猛——这位个子高挑的北方青年，戴着一副眼镜，书卷气十足，国字脸上，是山风与阳光留下的红润。

丁猛说，2024年中央一号文件，聚焦"三农"工作新的历史方位，对推进乡村全面振兴作出部署。前面的脱贫攻坚，仅仅是乡村全面振兴的开始，而乡村全面振兴是我们党肩负的重大历史使命。要建设现代化的农业、农村，需要几代人的不懈努力。能够亲历脱贫攻坚，投身于乡村全面振兴，是人生幸事。

2015年7月，根据四川省与北京大学的战略合作计划，丁猛作为"急需紧缺专业选调生"来到四川省绵阳市财政局。

在北京大学，丁猛学的是经济学。刻苦攻读那些经典理论，目的是什么呢？贫穷是一道世界难题，改革开放的中国，正以独特的方式解答这道世界难题，并取得了举世瞩目的成果。由于发展的不平衡，还有相当部分的老、少、边和欠发达地区处于贫困之中。丁猛认为，一位学经济的研究生，能运用自己所学，为改变贫穷地区的状态，哪怕是做出一小点贡献，也是非常有价值的。为此，他主动申请到基层。2016年5月，他来到三台县协和乡，担任协和乡乡长助理、红灯桥村第一书记。2018年10月，他又调到三台县安居镇（2019年撤销，其所属行政区域划归郪江镇）当镇长。九年岁月匆匆过去，他有五年多时间挂职在乡镇。

刚到红灯桥村时，贫瘠的川中丘陵地区，在丁猛面前展开了一本难读难啃的无字之书。他脚踩溜滑黄泥，深入一家家贫困户，对脱贫攻坚工作有了切身体会。

没见过粪坑修在门口，鸡鸭与人同居一屋，户主蓬头垢面，臭气熏天；没见过一个村有那么多光棍，他们目光暗淡，表情呆滞，只要有两个钱立即吃光喝光……

村民王某某，自从妻子离家出走，扔下他和年幼的女儿之后，他就一蹶不振，破罐子破摔。对于村民与基层干部的劝导，他都持反对态度。他有自己的一套说辞："好事绝对轮不到我，轮到我的绝对不是好事！"

村上还有一对令人深感头疼的夫妻，丈夫脾气火暴，妻子善扯横筋（指耍横），多次撒泼打滚，还说丁猛工作不到位要去告他。

丁猛说："我从不畏惧'吵架''顶撞'。个别困难户对基层干部表现出的蛮横，只是一种'坚硬外壳'，为的是掩盖强烈的自卑。表面上'凶'，实际上是极度虚弱。"

一次又一次，丁猛来到王某某家中，动员他参加村上的养殖项目，却一次又一次地遭到拒绝。说到激动时，丁猛戳中了王某某的软肋："你看看你的女儿，那么聪明可爱，招人喜欢，却偏偏摊上了你这么个爸爸，吃不好，穿不暖，过的啥日子！你这个当爸爸的，不为自己着想，也要为女儿着想嘛！"

说到女儿，王某某终于泪崩，哭得稀里哗啦！在丁猛和其他村干部的帮助下，他振作起来，参加村上的养殖项目，走上了脱贫之路。

毛泽东同志在《矛盾论》中说"唯物辩证法认为外因是变化的条件，内因是变化的根据，外因通过内因而起作用",可谓入木三分。换言之:没有激发出改变自己命运的内生动力,"贫"是扶不起来的。扶贫,不仅是经济工作,还是思政工作,是"人心工作"。而"攻坚",往往就是"攻心",把扶贫对象的内生动力激发出来。

学经济的丁猛真有经济头脑,经过充分调研,他与红灯桥村村两委多次商议,最终确立了"特色农林种植与畜牧养殖两条腿抓致富"的发展思路。有记者这样写道:他带领村民从零基础发展起三十万只肉鸡种养循环产业、两千头生猪代养项目、三十亩"金"果林项目和三百亩藤椒产业,年人均纯收入增长一千五百元,实现了高质量脱贫摘帽。2017年4月,丁猛被四川省委、省政府评为"优秀第一书记"。2021年2月25日,他被党中央、国务院表彰为"全国脱贫攻坚先进个人"。

2023年春节后,绵阳市和北川县组成市县联合工作组,前往石椅村并驻村工作。丁猛作为共青团绵阳市委副书记,任工作组副组长。之后,他来到曲山镇担任镇党委书记。他说:"我喜欢在基层工作,大可发展经济,小可浸润民心。"

与石椅村的村干部交谈中,他们都说:"曲山镇来了一个'猛书记',真猛!第一次见面就说,你们必须说真话!你们说假话糊弄我,我再用你们说的假话去糊弄县、市领导，我们的事业就完蛋了！如果全国的村干部都说假话，我们的国家就完蛋了！我们镇上的干部，更要'去心眼化'……'猛书记'大力提倡说真话、去心眼，大家坦诚相待。新官上任三把火，第一把火，我们感觉烧得好！"

谈到石椅村，丁猛认为：石椅村已成为中国西部乡村振兴的代表，还是少数民族地区发展特色产业的代表，更是"5·12"大地震灾后重建的先进代表。为此，丁猛对村干部们说："我们的工作必须有亮点，有特色，走在前列！否则，从高处摔下来，比你在低处摔一跤，要痛得多！"

2024年3月，"绵阳北川石椅羌寨乡村振兴先行区"正式挂牌。这意味着，石椅村周边的十几个村庄，将成为连成片的"先行区"。

对于"先行区"，绵阳市和北川县将会陆续出台成套的新措施，为探索乡村全面振兴蹚出新路子。

按"先行区"的设计思路，曲山镇成立了北川石椅好样子农业发展有限公司（后更名为"北川石椅好样子农文旅发展有限公司"）。公司打破村、社区界限，每个村都是股东，在共有的平台承接全镇劳务、公共服务。上自市委食堂的蔬菜供应，下至各村的垃圾运送，全由公司承担。随着实力迅速增强，公司完全可以承接更多更大的项目。

丁猛说，如今App有点多了，小程序反而有亲切感。曲山镇已经打造了"云上石椅"小程序。其实,这个"云"有双重意思,既指互联网,也指云朵上的石椅村。有了"云上石椅","先行区"的水果、茶叶等农产品的销售,各村民宿的特色、档次、价位、路线,动一下手指头就一目了然。还有二十四小时的慢直播,让石椅村与信息化时代同步前进。

2023年,是石椅村的民宿大规模升级改造之年。硬件升级了,文化内涵呢?

丁猛特别注意细节。他说,一进村,从民宿的牌匾到大门两边的楹联,清一色都是电脑打印的字体,没有特色。稍有点文化的游客会说:"农民嘛,能弄成这个样儿就不错了。"

丁猛认为,要请文化人来写楹联,可雅可俗,而且要有内涵有情趣,能给客人们留下深刻印象。比如,陈华全家的"绿丰园",原来大门上的楹联是印刷体的"寨宏尊客至,门阔贵宾来",后改为书法家题写的楹联:

石椅宛然治水英雄天予座
火塘融煦耕云故事客来听

此楹联,既有典故,也有现实生活,更具文化气息。

而"绿丰园"新建成的茶楼，立于陡坡之上，俯瞰果园，视野十分开阔。茶座之间，是大字书写的"观山""听雨"和"茶经"布帘，让游人一走进去就感觉诗意盎然。

石椅村的农家乐，提升了档次。这是丁猛一再强调"一定要做好细节"的结果。

随着乡村旅游的迅猛发展，水和酒的消耗量大增。丁猛了解到，离石椅村不远的擂鼓镇南华村，就有优质山泉汩汩流淌，有一家不太知名的企业在营运；而桃龙乡有一家具有三百多年历史的老酒坊。丁猛说："客人们喝惯了农夫山泉，到了石椅村，就该尝一尝我们的矿泉水嘛。还有，县上的名酒，是玉米酿造的马槽酒，稍微讲究一些的客人，会觉得马槽酒档次低了。一个是水，一个是酒，我们完全有条件打造'云上石椅'这个自创的品牌！"

说干就干，经严格测试，通过结盟与合作，2024年6月，"云上石椅"的矿泉水和优质白酒在"先行区"试点后即投入市场。

2022年，石椅村人均收入达到四万元；2023年，石椅村人均收入超过六万元。丁猛认为，达到这个水平，在山区和少数民族地区可算先进，但还是大有潜力可挖。

谈及石椅村的未来，丁猛说："我喜欢读《道德经》，那真是一本充满智慧的大书。老子说：'道可道，非常道；

名可名，非常名。'其实，乡村全面振兴这个大项目，我们没有现成的抄本。因中国的乡村千差万别，得探索适合自身发展的路子，都在做'非常道'。但大的方向，'道'不会变，就是要走共同富裕的道路。"

风吹羌寨旗幡，云在脚下涌动。握手告别时，丁猛说："石椅村作为'先行区'的核心，其实是站在了一个新的起点上。"

新时代乡村振兴的"好样子"石椅村正在走向更加美好的明天（摄于2024年）

后　记　生活给了我非写不可的冲动

2023年，年届八旬的我，常常被老同学老朋友劝慰："你还写啥子，这把年纪了，该休息了！"

如果从1963年12月7日我在《解放军报》发表第一首诗《雪山下的篝火》算起，我从事业余文学创作已经六十年了。

静夜里，我反复问自己：你写作的目的是什么？

年轻时写诗，完全出于兴趣和爱好。翻一翻放在案头的几本书——《孤独的跟踪人》《小平故乡》《大震在熊猫之乡》《让兰辉告诉世界》《枫落华西坝》《华西坝的钟声》《我用一生爱中国：伊莎白·柯鲁克的故事》，全是报告文学。若问为什么写作，心中突然冒出四个字：生活所迫！

这四十多年，是生活使我"身陷其中，难以自拔"。

1980年夏天，我在一次采访中见到了中国大熊猫研究专家胡锦矗教授。胡锦矗曾率领他的科研团队，冒着风霜雨雪，调查中国大熊猫的现状，取得了令世界瞩目的成果。

1981年，我随胡锦矗登上卧龙的大熊猫野外生态观察站"五一棚"。之后，我与年轻一代的科学研究工作者、熊猫"奶爸奶妈"、巡护员广交朋友，建立了深厚友谊。2004年，我退休后，又参与创办了中英文双语杂志《看熊猫》，担任执行主编已近二十年。

四十多年来，我一直沉迷于大熊猫的世界。沸腾的生活，确实在有形和无形地"逼迫"我写作。

比如，2008年"5·12"大地震发生后，我第一时间就联系卧龙中国大熊猫保护研究中心相关人员，却没有任何回音，真是心急如焚！几天后，我冒险绕道五百多公里，从雅安经夹金山、四姑娘山和巴朗山，进入"孤岛"卧龙。亲见毁灭性的地震给保护区造成惨痛损失的同时，也被大熊猫守护者们的英雄事迹深深感动。《大震在熊猫之乡》就是在那些被泪水浸泡的日子里写出来的。

又如，2016年12月18日，我在加拿大温哥华探亲，半夜接到中国大熊猫保护研究中心小赵的电话。她告诉我：参加大熊猫野化放归的研究生韦华，被大熊猫"喜妹"误会了，为了护仔，"喜妹"攻击了韦华，造成其重伤。一连数日，我都关注着韦华的伤情——经过四川大学华西医院医生们的奋力抢救，韦华终于脱离了生命危险。由于时差，全家入睡后，我顶着棉被与小赵、吴代福、胡锦矗通电话，通完电话就捂出一头大汗。后来发表在《中国作家》杂志上的报告文学《"熊猫人"向祖国汇报》，几乎就是顶着被子采访的成果。

我曾想，写韦华时，我不在现场也不在中国，但我又非写不可。因为，陷入"熊猫人"的生活太深了！不写，会让我非常难过。

生活，不仅"逼迫"我写作，还给了我丰厚的馈赠。

我自幼生活在华西坝，这是于1910年创办的华西协合大学（今四川大学华西医学中心）的所在地，被誉为"成都的文化地标"。翻开校史，历史名人纷纷展现在眼前。原来我家所住过的天竺园小楼，曾是"名教授楼"，住过吕叔湘、何文俊、杨佑之、闻宥四家人。抗战时，它曾是"中国文化研究所"办公地，陈寅恪、钱穆、董作宾、滕固等文史大家常在此会晤交流。后来，瑞典小伙子马可汗来到华西坝，拜闻宥为师学习中文，闻宥还给他取名"马悦然"。马悦然后来成为诺贝尔文学奖终身评委。那一座小楼，藏着太多的故事，引导我写华西坝的系列作品。

采写《枫落华西坝》，不仅让我获得了大量有关百年老校的精彩故事，还使我得到了向马识途、李致、流沙河请教的机会，他们讲的华西坝故事，让碎片化的历史呈现出完整性。

《华西坝的钟声》写了华西坝的十几位名人。那个喜欢养鸽子的邻居张叔叔，原来是抗战时驾驶B-29轰炸机屡建奇功，后来又隐姓埋名的抗日英雄。一辈子迷恋飞翔的他走了，鸽子也没有了，给华西坝光明路宿舍留下了空荡荡的令人无限怅惘的蓝天。

生活，对于写作者来说就是这样：有许多堵心的事情，你若不知道，也就罢了，你若知道了，就不可能不激动、不思索、不想法倾诉。

七十五岁时，我与一百零三岁的"华西坝老乡"伊莎白·柯鲁克相会。她是中华人民共和国"友谊勋章"获得者、北京外国语大学终身教授、人类学家。她谈到的成都华西坝的"CS"（加拿大学校）、四川彭州的白鹿上书院、岷江上游的杂谷脑河、重庆璧山的兴隆场、河北武安的十里店——她作为人类学家走过的地方，我都熟悉。一百零四岁时，她回故乡成都，我全程陪同，完全读懂了这位老奶奶"用一生爱中国"的情怀，也才有了我对她的百年人生所做的忠实记录。

伊莎白这样的好题材，让我撞上了，真是幸运！巧的是，我儿时就读的弟维小学，正是伊莎白的母亲饶珍芳参与创办的。生活，埋下如此"伏笔"，让我喜出望外。

十五年前，我走遍"5·12"大地震的重灾区，写了《大震在熊猫之乡》；十年前，我写了《让兰辉告诉世界》，讲述了因公殉职的北川县副县长兰辉的故事。

从上古时期大禹治水的传说开始，几千年来的历史其实就是一部中华民族的奋斗史。细看我们脚下的这片土地，它浸透了祖祖辈辈的血水、泪水和汗水。

2023年早春，石椅村一夜成名。它，不就是5·12汶川特大地震纪念馆对面山上那个云朵之上的羌寨吗？它曾是土地贫瘠、交通闭塞、贫穷落后，又在大地震中损失惨重的小山村，因为什么成为全国众多自然村中的佼佼者？

从春花含苞到银霜满地，2023年以来，我十次入住石椅村深入采访。这个人均收入已超过六万元的水果之乡，甜美的果实来自哪里？来自老书记何国发力主办教育，开种苔子茶；来自邵再贵带领村民在悬崖上凿出一条大岩路；来自一个个你追我赶的勤劳媳妇；来自一个个八九十岁还下地干活儿的老人；来自七任党支部书记坚持不懈地抓生产，改善村民生活……石椅村抓住了"灾后重建"和"脱贫攻坚"的时机，村民们更有一种改变自身命运的内生动力，成功是必然的。

品尝了小山村甜蜜的枇杷和甜蜜的生活之后，要写一些

后　记　生活给了我非写不可的冲动

甜蜜的文章是不太费力气的。我没有这样做，生活，迫使我思考——

丰收之夜，何玉梅的一声叹息提醒了我：灾难毕竟是灾难，心灵深处的伤口是难以愈合的！在北川，还有几百名失独者正在走出阴影，因此，才出现了失独者抱团取暖的"暖心家园"。

石椅村，不仅是花果之乡，还是"暖心家园"，这是最让我感到欣慰的事情。

2023年12月15日，我又去了一趟北川5·12汶川特大地震纪念馆。

纪念馆是在北川中学遗址上修建的。这是大地震后，我多次敬献鲜花、洒泪祭奠之地。

十五年了，亿万中国人心上，思念的烛光，永不会熄灭。

这一本《云朵上的石椅村》，既是灾区天翻地覆巨变的真实记录，也是一个小山村浴火重生的真情描绘，它不仅刻画了羌族小山村基层干部群众不懈奋斗的英雄群像，而且为小山村奔向更加美好的明天吹响了牛角号。

仅仅因"生活所迫"而从事写作，不足以体现创作的价值。

在北川，我见到了兰辉的铁哥们儿、语文教师刘勇。他建议中国作家多读读太史公司马迁的《报任安书》。

刘勇的话点醒了我，让我回忆起听白敦仁教授讲《报任安书》时的情景：

白教授白发苍苍，瘦如枯柴，慷慨激昂，声泪俱下，几乎进入癫狂的状态。学生们早已装满了一腔悲愤，仿佛与太史公相对而坐，在寒风凛冽的陋室，看他奋笔疾书，仰天长啸。

白教授说："背负男人的极辱，强忍肉身的剧痛，每活一天都是折磨的太史公，为什么还要活下去？因为，他必须完成《史记》。历史重任迫使他咽下苦泪，条分缕析，字斟句酌，写出《史记》这部皇皇巨著。"

白教授拖长声调念道：

> 盖文王拘而演《周易》；仲尼厄而作《春秋》；屈原放逐，乃赋《离骚》；左丘失明，厥有《国语》；孙子膑脚，《兵法》修列；不韦迁蜀，世传《吕览》；韩非囚秦，《说难》《孤愤》；《诗》三百篇，大底圣贤发愤之所为作也。此人皆意有郁结，不得通其道，故述往事，思来者。

白教授朗声说道:"太史公虽然痛苦,却并不孤独!他有强大的精神支柱,那就是文王、孔丘、屈原、左丘、孙膑……先贤们遇到各种挫折和打击,却留下万古不朽的精神财富。上面一一列举的名篇,都是'发愤之作'。"

最后,白教授几乎用哽咽的声音在念白:"太史公在《报任安书》中说,人固有一死,或重于泰山,或轻于鸿毛,用之所趋异也。历史证明:太史公的生命,重于泰山!"

听白敦仁教授讲课,是在改革开放之后。当时四川省作家协会还邀请川中文史大家徐中舒、缪钺、杨明照、雷履平、屈守元等来给会员讲古文。最后,由时任成都大学教授的白敦仁讲司马迁的《报任安书》。

能背诵无数首古诗词的白敦仁,长期在成都七中教语文。1956年,我考入成都七中念初中时,白敦仁老师被国家派往波兰讲学。白老师回国时,我已被保送上大学,未能亲聆他授课,一直引以为憾。在省作协的讲座上,能听到他讲《报任安书》,实在是三生有幸。

太史公用生命写作的崇高境界,我这种凭生活推动的写作者是难以企及的。《报任安书》对于我来说,就是一座只能仰望,只能顶礼膜拜的高峰。心浮气躁之时读一读,一切都会归于平寂。

我一直自称"业余写作者",是因为我的专业是编辑。我认为,当一个好编辑,自己也要经常练笔,至少懂得些写作规律,能为作者出一些好点子。

回顾自己六十年来的写作,作品不多、不精,主要是因为精力分散。退休之后,除了创办《看熊猫》杂志,任执行主编,还担任成都市历史建筑保护专家委员会委员、四川省休闲文化研究会副理事长等职务。既热衷于大熊猫保护,又积极推进给历史建筑挂牌,还喜欢给青少年讲科幻、讲熊猫,辅导科幻画创作……忙了十年,年过七旬,才觉得作品寥寥,不禁汗颜。于是辞了社会职务,沉下心来写作。

由此,想到我熟悉的两位大作家阿来、刘慈欣,他们"老僧入定"般"沉入山中"修炼多年,那文字的沉稳、大气,情节安排的从容、睿智,哪有一点匆匆赶路的痕迹?真令人佩服!

翻看1987年出版的《孤独的跟踪人》一书,里面有一段话,是我自己写的:"写作,必须集中精力于一点。繁华的路上没有灵芝草。"——读此,真令自己汗颜。

好在,我能吃能睡,心态挺好,年轻人称我"老顽童"。

1986年5月,首届中国科幻小说银河奖颁奖典礼在成都举行。那时,中国科幻处于低潮期,时任中国作家协会书记处常务书记的鲍昌称之为"灰姑娘"。谁也没料到,"灰姑娘"会旋舞到世界舞台的聚光灯下。2023年,第八十一届世界科幻大会在成都举行,令全球科幻界惊艳。

2023年3月27日,我不顾劝阻,在几个年轻人的陪伴下,冒着风雪,登上了海拔三千六百多米的牛背山。山顶平台上,耸立着一座中国科幻银河奖纪念碑,那是中国三代科幻作家心血的结晶。我非去看看不可。

郭小川有诗云:

我知道,总有一天,我会衰老,老态龙钟;
但愿我的心,还像入伍时候那样年轻。

我会依旧走在写作的路上,寻找文学世界的"灵芝草"。